rowohlt
HUNDERT AUGEN

SARAH
LORENZ

MIT DIR, DA MÖCHTE ICH IM HIMMEL KAFFEE TRINKEN

Roman

Rowohlt
Hundert Augen

Dieser Roman erzählt u.a. von verbaler,
physischer und sexualisierter Gewalt
sowie von Suizid.

3. Auflage April 2025
Originalausgabe
Veröffentlicht im Rowohlt Verlag,
Kirchenallee 19, 20099 Hamburg, April 2025

Satz aus der Arno Pro
bei CPI books GmbH, Leck
Druck und Bindung
GGP Media GmbH, Pößneck
ISBN 978-3-498-00699-0

Kontaktadresse nach
EU-Produktsicherheitsverordnung:
produktsicherheit@rowohlt.de

MIX
Papier | Fördert
gute Waldnutzung
FSC® C014496

Für immer und Tim.

Zur Heimat erkor ich mir die Liebe

– MASCHA KALÉKO –

PROLOG

Wie viele Buchhandlungen gibt es bitte in dieser Stadt? Ich bleibe! Nichts da, morgen Mittag geht mein Zug zurück gen Hafenstadt. Nick erwartet mich. Hoffentlich, nein, ganz sicher, sehnsüchtig. «Juhu, ich bin mal wieder Strohwitwer», schreibt er seinen Freund*innen in den Gruppenchat, sobald er erfährt, dass ich ein paar Tage wegfahre. Doch kaum sitze ich im Zug, trudelt auf meinem Smartphone Nachricht um Nachricht mit Sehnsuchtsbekundungen ein. Ganz entzückend. So wie er.

Und so entzückend wie die Züricher Buchhandlungsdichte.

Eine echte Buchhandlung muss Kopfsteinpflaster vor der Tür haben. Eine echte Buchhandlung darf nicht zu modern wirken. Sie muss in jedem Jahrhundert dort gestanden haben können. Man darf ihr nicht ansehen, dass wir schon in der Zukunft leben. Das ist sehr wichtig, viele vergessen, wie wichtig diese Tatsache für das echte Buchhandlungsgefühl ist. Ich nicht! Diesem Axiom zufolge betrete ich nun eine echte Buchhandlung. Und was für eine. Eine mit Regalen bis zur Decke, mit ganz viel Staub, Drehständern von anno dazumal und diesem schwer beschreibbaren Geruch nach Dachboden. Perfekt also! Ganz entzückend.

«Wo haben Sie denn Lyrik stehen?»

«Dort unten links im Regal finden Sie ein wenig, in dem Drehständer bei den Insel-Büchern könnten Sie noch gucken und Moment, ich müsste auch noch drei Bände von Mascha Kaléko im Lager haben.» Bin ich im Film gelandet? Hat die Buchhändlerin das eben wirklich gesagt? Jetzt nicht freudig auf und ab springen, Elisa, benimm dich. Zürich ist schließlich die Stadt der Arrivierten.

Natürlich kenne ich die drei Bände bereits, aber: Diese Ausgabe des *Lyrischen Stenogrammhefts* besitze ich noch nicht. Ich besitze die mit dem Leinenrücken, den Rotweinflecken und den angeknabberten Seiten. Sogar Bücherwürmer lieben Maschas Gedichte und können nicht genug von ihnen kriegen. Es war das erste Buch von ihr, das mir in die Hände fiel. Nicht metaphorisch, nein, es fiel tatsächlich beim Auspacken von Bücherspenden während meiner Buchhandels-Ausbildung im Antiquariat. Plumps. Das ist dann auch bald 20 Jahre her. Sowas hatte ich noch nie gelesen, frech, melancholisch und weise zugleich, ein Ausnahmetalent. Seit ihre Gedichte mir in die Hände gefallen sind, habe ich etliche andere Dichter*innen gelesen. Vergleichbares war nicht dabei. Nirgends finde ich mich so wieder wie in ihren Gedichten. Wäre ich Ärztin, so würde ich bei leichter Schwermut ein Rezept für Maschas Gedichte ausstellen. Wie hat sie es bloß geschafft, den Alltag, die kleinen sowie großen Sorgen, die kleinen sowie großen Sehnsüchte der Menschen derart pointiert auf den Punkt zu bringen? Es erstaunt mich immer wieder.

Maschas Gedichte brachten mir bei, dass Lyrik auch

Spaß machen kann und sogar beim ersten Lesen bereits verstanden werden darf. Sie lehrten mich, dass Verständnis kein Ausschlusskriterium guter Lyrik sein muss. Ich kann behaupten: Maschas Poesie hat mein Lesen revolutioniert.

Und jetzt bin ich hier in dieser Stadt, in der sie ihren letzten Atemzug tat, auf dem Weg zu ihrem Grab, und die Buchhändlerin verkündet nonchalant, drei Bände von ihr vorrätig zu haben.

Dann muss ich die mir unbekannte Ausgabe des *Stenogrammhefts* wohl kaufen, auch wenn ich eigentlich Taschenbücher bevorzuge, nur ist diese Hardcover-Ausgabe so nett anzusehen. Adrett. Ein adrettes Büchlein, mit fliegender Schreibmaschine drauf, sieht man auch nicht alle Tage. Könnte aus jedem Jahrhundert stammen, wenigstens 100 Jahre alt könnte es sein. Wenn die Kasse jetzt noch mit Kurbel bedient wird, bin ich überzeugt, im Jahrhundert verrutscht zu sein.

Ich bin derart gut gelaunt, Zeit, mir selbst zu misstrauen. Diese Reise fühlt sich an wie eine Reise zu mir, eine Reise zu der, die ich bin, wenn die Ängste und die Traurigkeit ihren Rückzug angetreten haben. Eine Reise zu einer mit Hoffnung, flotten Sprüchen, Vertrauen in und Liebe für dieses Leben. So eine bin ich gerade. Hallo, auch wieder hier? Bleib ein Weilchen! Ein langes Weilchen!

Mit so einer flaniert sich's doch angenehmer durch eine fremde Stadt. So eine möchte ich Mascha präsentieren!

UNTER FREMDEM DACH

Nachts hör ich den Regen
Unter fremdem Dach.
Regen … Regen …
Wie hältst du mich wach
Unter fremdem Dach.

So rauschte der Regen
In jenem Jahr …
Durch singende Birken
In triefendem Haar,
In meiner Heimat
Fontänen.

Nun rauscht er mir nimmer
Von Quelle und Bach.
Nun rauscht er mir immer
Von Tränen.

Regen … Regen …
Unter fremdem Dach
Hab ich zu lang,
Zu lang gelegen.

Ach, Mascha, weißt du, welcher Gedanke mich seit Stunden begleitet? Es ist jener, dass du in einer Stadt, die dir nie Heimat war, unter einem Stein begraben liegst. Weit entfernt von deinem Ehemann Chemjo, weit entfernt von deinem Sohn Steven. Drei Gräber auf drei Kontinenten. Fremde Dächer über euch. Schweizer, israelisches, nordamerikanisches Gestein und darunter schon lange nicht mehr ihr. Welch herzloses Sinnbild für das Leben einer, die 67 Jahre lang auf der Suche nach einem vertrauten Dach war. Ich wünsche dir, dass du, dass ihr im Danach ein Heim gefunden habt. Dass du jeden Dachziegel, auf den du den Regen prasseln hörst, mit Ankunft und Heimat verbinden kannst.

Ich kann dir so viel erzählen vom Existieren unter fremden Dächern. Weißt du zum Beispiel, was ich liebe? Ganz, ganz doll liebe? Kleine Häuser.

Ich sehe die und bin überzeugt, so schlecht ist alles nicht, ich bin sicher in diesem unendlichen Universum, solange es kleine Häuser gibt. Was du auch nicht wissen kannst: Ich habe in solchen gelebt. Es waren zwei Stück. Was muss ich mich dort sicher gefühlt haben.

Das größte Haus, in dem ich je gewohnt habe, war auch das kälteste. Und sicher war man dort auch nicht. Es war nach einer biblischen Figur benannt. So viele schöne Namen, und dann muss es einer aus der Bibel sein. Vielleicht liegt es daran, dass die Kirche die Miete gezahlt hat und den Strom und die Heizung und die Gehälter und das Schweigen. Das große Haus war ein eigener, nahezu hermetischer Kosmos. Sowas ist gefährlich, da fehlen Kontrollinstanzen, Korrektive.

Elf Jahre war ich alt, als ich von der Sicherheit kleiner Häuser in die Kälte des Riesenhauses geworfen wurde. Schwer zu begreifen, dass dafür gerade mal elf Jahre ausreichten. Schwindlig wird einem da. *Du musst dich jetzt entscheiden,* hat sie gesagt, *dein Vater oder ich? Zu wem willst du Kontakt haben?*

Das Eingangstor reichte mir bis zur Brust, aber bevor ich es durchschreiten konnte, musste ich eine Entscheidung fällen. *Zu dir, zu dir.* Da konnte sie noch so kalt sein, ich wollte immer zu ihr. Nachdem meine Mutter und ich durch das Tor gegangen waren, standen wir auf einem großen Parkplatz. Für Autos, aber im großen Haus wurden dann die Kinder geparkt. Alles ein Parkplatz. Aber immerhin Platz, zu Hause war ja keiner mehr für mich, hier schon. Jugendhilfeeinrichtung heißt das, das Haus gibt es immer noch. Sollte verboten werden, Mascha, wirklich.

Gesprächs-, Familien- und Bewegungstherapien hatte das große kalte Haus im Angebot. Aber bei Tränen gab es nur Taschentücher, keine Arme, keine Gespräche. Ich wusste gar nicht mehr, wie das ist, in den Arm genommen zu werden. Dabei lag ich in so vielen Armen, bevor alles anders wurde. Bei meiner Mama, bei meinem Papa, bei meinen Großeltern, bei meiner Tante. Es gab eine Zeit, da hatten all diese Menschen offene Arme für mich. Aber jetzt, im großen kalten Haus, wusste ich nicht mehr, wie das ist, getröstet zu werden.

Meinen Trost hab ich mir also selbst gesucht. In Büchern. Die kleine Bibliothek in der mir verhassten

Stadt hat mich gerettet. Jeden zweiten Freitag hab ich mich dort mit Büchern eingedeckt, um das sogenannte Eltern-Wochenende zu Hause zu überstehen. In diesen Geschichten hatten die Kinder auch Sorgen, die Kinder eigentlich noch gar nicht haben sollten. Ich las von Missbrauch, von Magersucht, von Mobbing, von alkoholkranken Eltern, von am Leben verzweifelnden Eltern. Ich las aber auch von Erwachsenen, wie sie eigentlich im großen kalten Haus hätten arbeiten sollen. Von Lehrer*innen, Sozialarbeiter*innen und Nachbar*innen, die sich der Sorgen der Kinder annahmen. Diese Bücher brachten mir die tröstliche Gewissheit, dass zu Problemen immer Lösungen gehören. Auch wenn es noch ganz schön viele Jahre dauern sollte, bis ich das erworbene Wissen umsetzen konnte. Bevor sie mich im großen kalten Haus abgab, besorgte auch meine Mutter mir manchmal Lesestoff. Diese Vorstellung meiner Mutter als Kundin einer Buchhandlung rührt mich über alle Maßen. Wie sie sich umsieht in dieser ihr fremden Welt. Wie sie den Neuheiten-Stapel betrachtet, in der Hoffnung, dort direkt ein passendes Buch für ihre Leseratte zu finden. Um Hilfe bitten möchte sie nicht. Im Alltag weiß sie sich zu behaupten, im Supermarkt Preise zu monieren, auf Flohmärkten noch um die letzten 20 Pfennig zu feilschen, das alles beherrscht sie. Doch in einer Buchhandlung, da gelten andere, ihr gänzlich unbekannte Regeln. Ich glaube, sie dachte, Buchhandlungen seien für jene mit Abitur und mit Eltern, die aus dem Stegreif fünf aktuelle Titel nennen könnten. Sie, die selbst in einem großen kalten Haus aufgewachsen ist und niemals auch nur in die Nähe eines Abiturs kam, hätte da nichts zu suchen, würde auffliegen, ja, ich glaube, das dachte sie. Und doch hat sie diese eigentlich den anderen vorbehaltene Welt dann und wann für mich betreten. Das letzte Buch, das meine Mutter mir überraschend auf den Schreibtisch legte, trägt den Titel *Ein Sehnen nach Etwas.* Jetzt, in diesem Zug von Zürich nach Hause in meine gemütliche Wohnung, zu meinem Einen sitzend, sehne ich mich – mal wieder – nach der Frau, die vor 30 Jahren unsicher, aber mit dem festen Willen, ihrer Tochter von ihrem wenigen Geld ein Buch zu kaufen, eine Buchhandlung betritt.

Eltern-Wochenende, bindungsfördernd. Meine Mutter war ein fremder Mensch für mich geworden. Mit meinem ganzen Sein sehnte ich mich nach ihr, nur gab es sie nicht mehr. Und der Mensch, den ich an diesen Wochenenden besuchte, war ein Mensch, bei dem ich nicht sein wollte. Keine Stunde, keinen Tag, erst recht kein Wochenende.

Undankbar fand sie mich. Schließlich hätte ich doch alles. Das Hochbett mit angebautem Schreibtisch aus dem Neckermann-Katalog, coole Poster, meine Cola- und Fanta-Dosensammlung, einen Kleiderschrank mit einem Spiegel als Tür, in den ich kaum guckte, weil ich mich nicht mehr gerne ansah, und alles immer ganz sauber. Ich hatte doch alles. Nur keine Wärme. Also die Heizung ging, bitte nicht falsch verstehen. Es gab nur keine Arme, die für mich geöffnet wurden, und keine Ohren, die mir zuzuhören gewillt waren. Aber ich hatte doch alles. So, so undankbar, oder?

Meine Mutter war mal so warm, Mascha, ihre Wärme ließ einen Heizkosten sparen. Kann man sich gar nicht vorstellen, nach dem, was du jetzt gehört hast, oder?

Das passiert wohl, wenn Hilferufe ins Leere hallen. Wenn niemand reagiert. Wenn die Zahl derer, die reagieren könnten, ohnehin schon überschaubar ist und die sich dann auch noch dagegen entscheiden. Welche Ohren und Arme waren denn für sie geöffnet? Keine. Und irgendwann hat sie dann zugemacht.

Scheiße für mich, wirklich. Aber trotz aller Scheiße verständlich. Es heißt ja *Kraft tanken,* und zum Tanken braucht man Tankstellen. Sie hatte keine. Und hat dennoch weitergemacht, jeden einzelnen Tag.

Jeden einzelnen Tag hat sie mein Bett gemacht, das Kissen aufgeschüttelt und einmal die Woche die Bettdecken zum Lüften über die Balkontür gehängt, die Kuscheltiere drapiert, die Wohnung geputzt, eingekauft, gekocht, mir Überraschungen mitgebracht, mir zugehört, mich gelobt, mich in den Arm genommen, mich getröstet, ist unterbezahlter Arbeit nachgegangen, hat die Wohnung gemütlich eingerichtet, mir Kindergeburtstage organisiert, mich an einer Schule angemeldet, mich in einem Hort angemeldet, sich meiner Ängste angenommen, mich zu Ärzt*innen gebracht, mich geliebt.

Wahrscheinlich ist dann irgendwann nach Jahren des Funktionierens ihre Wärme erstarrt. So nennt man das, den Übergang vom flüssigen Aggregatzustand in den festen. Wärme ist für mich flüssig, weil sie überallhin reicht, keinen Anfang und kein Ende kennt. Doch um weiter funktionieren zu können, brauchte sie Kraft. Und Kraft, die ist für mich starr, die muss begrenzt sein, damit sie ihren Zweck erfüllt. Ergibt das Sinn, Mascha?

Wenn sie sich doch einfach ihre Liebe bewahrt hätte. Die hätte sie so viel besser schützen können. Ich wäre hier. Wäre immer da. Begonnen hat dieser Erstarrungsprozess wohl, als der Tod das erste Mal in ihr Leben trat, um ihre Schwester zu stehlen. Diese Schwester war der einzige Mensch gewesen, der verstand, was meine Mutter als Kind erst unter heimischem Dach, dann in einem großen kalten Haus durchleiden musste. Sie war der einzige Mensch, der um jede Tages- und Nachtzeit an ihre Seite geeilt kam. Und sie war der erste Mensch, den der Tod ihr genommen hatte.

Um Schicksalsschläge auszuhalten, braucht es ein Fundament. Braucht es einen Halt, am besten in Form eines Netzes aus verschiedenen Menschen. Doch das hatte sie nicht. Sie hatte eigentlich nur mich. Aber irgendwann wurde auch ich ein Mensch mit eigenen Bedürfnissen, ihren konträr, mit eigenem Willen, ihrem konträr, und dann hatte sie also nicht mal mehr mich. Freund*innen hatte sie einige, wobei ich ja unterscheide zwischen Freund*innen und Bekannten. Freund*innen sind die, denen du jene Dinge anvertraust, die du dir selbst kaum eingestehen möchtest. Bekannte sind die, die du an diese Geheimnisse nicht ranlassen würdest, die du dennoch schätzt und gern mit ihnen plauderst, ausgehst, kicherst, die aber niemals unter deine Oberfläche gelangen. Also muss ich revidieren: Bekannte hatte meine Mutter einige, Freund*innen hatte sie keine.

Männer gab es viele. Die kamen und gingen. Verehrten sie und verließen sie. Wurden von ihr verlassen und verzehrten sich nach ihr. Im Grunde wie ich.

Naiv zu glauben, in kleinen Häusern seien die Menschen glücklicher als in großen. Und unter Reetdächern nochmal glücklicher als unter Ziegeldächern. Macht nichts. Ich möchte das glauben. Muss das sogar glauben, brauche diese Flucht. Meine ersten Schritte, die bin ich unter Reetdach gegangen. Da lebten wir zu fünft. Fünf Menschen und zwei Hunde. Eine kleine Hippiekommune, meine Mama, mein Papa, sein bester Freund und dessen Freundin. Es waren nur zwei Jahre, aber in denen war ich sicher. Meine Spielsachen wohnten in einem Korb-Koffer. Ich erinnere mich an einen Kuscheltierhund, der so traurig aussah, wie ich es noch viele Male werden sollte. Dann erinnere ich mich noch an ein Kuscheltier-Glühwürmchen, das hat geleuchtet, so wie ich noch etliche Male leuchten sollte. Das Leben ist mit Widersprüchen gepflastert, oder, Mascha? Was ich wirklich nicht zusammenbekomme, sind diese riesige, beinah symbiotische Liebe und diese eisige Kälte. Verarbeitet habe ich das irgendwie, trotzdem macht es mich manchmal noch unglaublich traurig.

Wenn ich neue Menschen kennenlerne, heißt es immer: Du bist so lustig, ich liebe deinen Humor. Doch nach und nach kommt ein Trauma nach dem anderen zum Vorschein. *Humor ist der Regenschirm der Weisen,* meinte Erich Kästner mal. Damals, in deiner Zeit. Kanntet ihr euch? Bestimmt. War er nett zu dir? Ich rate es ihm.

Apropos Regenschirm. Im großen kalten Haus gab es sogar ein Schwimmbad. Wahrscheinlich für die Tränen der dort geparkten Kinder und Jugendlichen. Ein eigenes Zimmer bekam ich auch zugewiesen, im großen kalten Haus. Wenn man es denn Zimmer nennen möchte. Vier Wände, eine Decke, ein Fenster = Zimmer. Fünf Quadratmeter war es klein, dieses sogenannte Zimmer. Links an der Wand ein Bett 90 x 180, direkt davor der Schreibtisch und rechts parallel zum Bett eine Schrankwand. Die Möbel waren – wie alles im großen kalten Haus – aus dunklem Mahagoni. Kanntest du so Wohnungen, in denen es eine den Raum dominierende Schrankwand gibt, auf der etwas Nippes und der Brockhaus stehen? So war das dort, vom Gefühl her, fünf Quadratmeter dunkelbraune Schrankwand. Es war so trostlos, so trostlos. Trostlos ist der ultimative Superlativ von traurig, denn wohin mit sich, wenn man ohne Trost ist?

Vor dem Schreibtisch ein Fenster zum Parkplatz, ein Fenster, das sich nicht öffnen ließ. Nur kippen. Wer weiß schon, auf welche Ideen die Kinder sonst gekommen wären. Dabei war es Hochparterre, viel wäre nicht passiert. Es ging aber auch nicht darum, die Kinder zu schützen, sondern sich selbst, damit keins abhaut und am Ende noch erzählt, was so vor sich geht im großen kalten Haus. Erzählt, dass es dort einen *Onkel* gibt. Einen Onkel, der kein Onkel ist, aber so genannt werden möchte. Einen Onkel, der Heimleiter ist. Einen Onkel, von dem alle wissen, was er tut. Einen Onkel, über dessen Taten alle schweigen. Einen Onkel, der wegen Missbrauchs angeklagt werden wird. So ein Onkel war das. Aber sonntags in die Kirche und an Ostern um 05:00 aufstehen zum Ostermarsch, der Onkel immer dabei. Es gibt viel zu viele Onkel auf dieser Welt. Und vor allem gab es Kinder, die dort wegen anderer Onkel waren. Kinder, die dort vor anderen Onkeln geschützt werden sollten.

So sah also die Hilfe in dieser Jugendhilfeeinrichtung aus. Vielleicht verstehst du jetzt, warum ich finde, die sollte verboten werden.

Zu den diversen Therapieangeboten im großen kalten Haus gehörte unter anderem eine Familientherapie. Eigentlich hätte ich eine Therapie gebraucht, um diese Therapie zu verarbeiten. Einmal nämlich sollte meine Mutter Kissen zwischen uns halten, um zu zeigen, wie entfernt sie sich von mir fühle. Es waren vier Kissen. Vier dicke Kissen. Danach ist sie wieder in ihre Wohnung gefahren und ich in meine fünf Quadratmeter dunkelbraune Schrankwand mit einem nicht zu öffnenden Fenster.

Die Kissen habe ich nie vergessen. Wie konnten die Betreuer*innen mich mit dem metaphorischen Beweis ihrer Entfremdung von mir so alleine lassen? Wieso kam niemand und fragte, ob ich darüber reden möchte? Wieso kam niemand und fragte, ob mein Herz eine Umarmung brauche? Wieso kam niemand und fragte, ob ich wisse, dass man diesen Kummer überstehen kann? Wieso kam niemand, um mir zu sagen, dass ich eines Tages so lieben können werde, dass nicht mal mehr das dünnste aller Blätter zwischen mich und die geliebte Person passen wird?

Allein legte ich mich aufs Bett meiner fünf Quadratmeter dunkelbraunen Schrankwand und schrieb in mein Tagebuch: *Hoffentlich schaffe ich es, nicht mehr so frech zu sein, damit meine Mama nicht nochmal vier Kissen zwischen uns halten muss.*

Jugendhilfeeinrichtung also.

Hilfe ist ein Nomen und wird großgeschrieben. Ob sie das Wort Hilfe überhaupt buchstabieren konnten, ist fraglich, denn es gab keine.

Ich überlege, dort noch einmal hinzufahren, mit der, die ich jetzt bin, und die Kleine an die Hand zu nehmen. Das Kind in mir, damit ist heutzutage eine Fülle an Selbsthilfebüchern untertitelt. Na ja, es stimmt aber auch, das haben wir alle. Dieses Kind würde ich dann also an die Hand nehmen, nur diesmal müsste es sich für niemanden entscheiden. Ich allerdings müsste viele Wärmflaschen einpacken, um der Kälte des großen kalten Hauses zu trotzen. Letztens habe ich einen klugen, wahren Satz gelesen, der in etwa lautete: *Du bist die Person, bei der dein kleines Ich sich sicher gefühlt hätte.* Das ist so wahr, könnte sie mich nur kennenlernen, meine Arme stünden ihr ebenso offen wie meine Ohren und mein Herz. Und das Fenster, das würden wir gemeinsam aufbrechen.

Als schwer erziehbar wurde ich von ihr beschrieben, das durftest du dir ja auch anhören, Mascha! Und frech, zu frech sei ich gewesen. Eigentlich ist frech bei mir ein positiv konnotiertes Wort, so wie pfiffig. Aber meine Mutter meinte es negativ. Die Kurzform von schwer erziehbar.

Und weil ich eben derart frech sei, müsste ich ins große kalte Haus ziehen. Ich glaube, die Tragik dieser Wiederholung war ihr nicht bewusst. Falsch, ich glaube, ihr war überhaupt nicht bewusst, dass sie Teile ihrer Geschichte mit mir wiederholte. Und das, obwohl sie mir so oft erzählt hatte, von ihrem Leben in einem großen kalten Haus, einem Haus, in dem es sogar noch kälter war. Eiszeit. In diesem Haus klingelte der Wecker wochentags um 05:30, wochenends um 07:00 und ab 20:00 herrschte strikte Nachtruhe. Konnte ein Kind nicht schlafen, nässte sich ein, fürchtete sich vor imaginierten Monstern unter dem Bett oder schlimmer noch vor der Erinnerung an real existierende Monster, so hatte es still zu sein und auf das Klingeln des Weckers um 05:30 zu warten. So gesehen hatte ich noch Glück. Aber auch wirklich nur so gesehen.

Auch hätte ich so viele Ängste und im großen kalten Haus bekäme ich Hilfe. Das haben wir ja gesehen. Nur was bedeutet denn frech? Ihrem Verständnis von frech folgend, finde ich ja, das Leben war frech zu meiner Mutter, aber da konnte ich nichts für. Plötzlich war ich ein Ventil, ihr Ventil. Ach, was bin ich reflektiert, nicht wahr? Haben meine Therapeut*innen auch immer gesagt, wie reflektiert ich doch sei. Hat allerdings nur bedingt geholfen, die Angst ist trotzdem immer geblieben. Sowas Aufdringliches. Ich habe wirklich eine große Schnauze, braucht man bei meiner Biografie, doch die Angst ist resistent gegen meine Wehrhaftigkeit. Die bleibt, obwohl ich niemanden weniger an meiner Seite wissen möchte.

Ob ich nun zu frech war (was auch immer das bedeutet) oder zu viel Angst hatte und Hilfe brauchte, das Resultat für mich war das Gleiche. Ich landete unter *fremdem Dach*.

Meine Mutter weiß nicht mal, wie ich jetzt heiße. Neun Monate in ihrem Bauch, 25 Stunden Wehen, die ersten Jahre große Liebe und dann weiß sie nicht mehr, wie ich heiße. Ihren Namen abzulegen, war für mich das deutlichste Zeichen meiner Emanzipation von ihr. Dabei war er so viel mondäner als mein jetziger. Musste mich entscheiden, mondän oder ihr eins auswischen und mich dabei befreien. Hab mich – ist selten – gegen mondän entschieden und nun weiß sie nicht mehr, wie der Mensch heißt, den sie vor bald 40 Jahren auf diese Welt brachte. Sie ist ja so stolz auf ihren italienischen Nachnamen, in Deutschland heißt auch niemand außerhalb unserer kleinen Familie so. Jetzt noch eine weniger. Als ich zehn Jahre nach dem Einzug ins große kalte Haus mit aufgeschnittenen Armen und Beinen in ihrer Küche stand und schrie und weinte um das, was sie mir verwehrt hatte, hätte ich nie gedacht, einmal so ein Zuhause wie jetzt zu haben. Vielmehr prophezeite sie mir, einsam zu enden, egoistisch, wie ich sei. Was sie nicht alles kann. Was sie nicht alles weiß! 18 Jahre haben wir uns nicht gesehen. Wie sie wohl aussieht? Niemals hat sie graue Haare, auf gar keinen Fall. Haarfarbe gibt es ab drei Euro, das wird sie zu verhindern wissen. Ob sie wieder so dünn ist wie auf dem einen Foto? FDH nannte sie es. Friss die Hälfte. Sie ist doch kein Tier. Dabei mochte sie Chips so gerne und auch Schokolade und es sich und anderen mit Leckereien gemütlich machen. Manchmal hat sie in der silbernen – immer blitzblank polierten – Shake-Maschine Milchshakes gemacht, Schoko-Nuss, noch ein paar Schoko-Streusel rein. Die waren so lecker, Mascha.

Jetzt hätte ich unbändige Lust, mir einen solchen im Bordbistro zu bestellen. Auf das Geld kommt es jetzt eh schon nicht mehr an. Mal sehen, was sie mir dort Gleichwertiges offerieren können.

Ich war gar nicht so lange in dem großen kalten Haus mit einem Onkel, der kein Onkel war. Eineinhalb Jahre nach Betreten des großen Hauses erlaubte meine Mutter mir, wieder zu ihr ziehen zu dürfen. Ich bin überzeugt, im Reetdachhaus, da wäre nie passiert, was schon geschehen war, und noch weniger, was noch alles folgen sollte. Im Reetdachhaus wäre ich vielleicht irgendwann mal wütend aufs Feld gerannt, weil Eltern ja so schrecklich sind, wenn sie wollen, dass man genau jetzt Mathe lernt, während ein paar Dörfer weiter das Leben auf einen wartet. Vielleicht, ach was, bestimmt wäre ich auch mal betrunken auf dem Feld umgeplumpst und hätte am nächsten Tag in der Schule erzählt, wie wild das Leben auch in der Nähe von Reetdachhäusern sein kann. Sicherlich hätte ich auch mal gewütet, weil die nächste große Stadt so weit entfernt ist, und wie soll man sich verlieben, gar Stoff für Romane sammeln in einem Dorf mit gerade mal 50 Einwohnern?

Das Neckermann-Hochbett hatte sie gegen ein Ausklappsofa ausgetauscht, «das finden Teenies doch cool, oder?». Ich bekam einen Fernseher und eine Kleiderstange, «das finden Teenies doch cool, oder?». Einen Schreibtisch, über dem eine riesige Pinnwand angebracht war, «das finden Teenies doch cool, oder?». Einen Setzkasten mit kleinen Parfumproben, «das finden Teenies doch cool, oder?». Alles da, doch Verständnis, seelische Unterstützung und Liebe, wieder diese Liebe, das finden Teenies auch cool.

Warum sie mich überhaupt wieder zu sich geholt hatte, werde ich nie verstehen. Die mochte mich doch nicht mal mehr. Das immerhin hatten wir gemeinsam. Ein kleines bisschen mochte sie mich vielleicht doch noch. Warum sonst war es ihr so wichtig, was Teenies cool finden? Ging es da um mich oder um das Teenie-Zimmer, das sie nie hatte?

Weißt du, Mascha, was ich schon immer hatte? Einen festen Willen und ganz viel Sehnsucht. Möchte ungern wie Novalis oder so ein Romantiker klingen, wenn ich von Sehnsucht spreche. Heute manifestiert sich meine Sehnsucht nach Liebe, Geborgenheit und Sicherheit – du ahnst es – in kleinen Häusern, bevorzugt mit Reetdach. Eine Weile führte sie mich in besetzte Häuser, autonome Zentren, versiffte Wohnungen, Notschlafstellen und etliche Betten mir fast unbekannter junger Männer. Sie führte mich von der ersten Liebe zu der, die mich jetzt trägt. Sie ließ mich, die ich stets so dramatisch, traurig und bedürftig war, beinah kaputtgehen an den Lieben dazwischen.

Mittlerweile bin ich an einem Punkt im Leben, den zu erreichen ich nicht erwartet hätte. Am wenigsten, als ich mit 13 verkündete, mit 30 an einer Überdosis Heroin sterben zu wollen. Das waren so meine Träume. Komisch eigentlich, aber die Pubertät ist auch komisch, anstrengend und auch gefährlich. Wenn man sowieso alles immer potenziert fühlt, und dann kommt noch die Pubertät, muss man aufpassen, nicht verschüttzugehen.

Dafür ist es ja alles nochmal recht gut gegangen.

DAS ENDE VOM LIED

Ich säh' dich gern noch einmal wie vor Jahren
Zum erstenmal. – Jetzt kann ich es nicht mehr.
Ich säh' dich gern noch einmal wie vorher,
Als wir uns herrlich fremd und sonst nichts waren.

Ich hört' dich gern noch einmal wieder fragen,
Wie jung ich sei ... was ich des Abends tu –
Und später dann im kaumgebornen «Du»
Mir jene tausend Worte Liebe sagen.

Ich würde mich so gerne wieder sehnen ...
Dich lange ansehn stumm und so verliebt –
Und wieder weinen, wenn du mich betrübt,
Die vielzuoft geweinten dummen Tränen.

– Das alles ist vorbei ... Es ist zum Lachen!
Bist du ein andrer oder liegt's an mir?
Vielleicht kann keiner von uns zwein dafür ...
– Man glaubt oft nicht, was ein paar Jahre machen.

Ich möchte wieder deine Briefe lesen,
Die Worte, die man liebend nur versteht.
Jedoch mir scheint, heut ist es schon zu spät.
– Es ist ein unbarmherzig Wort: «Gewesen!» ...

Hach ja. Vom Verschwinden der Liebe weiß ich vieles zu berichten. Liebe ist mein Fachgebiet, über ihr Verschwinden kann ich Vorlesungen halten. Man fragt sich, wo die Liebe immer plötzlich hin ist, das ist so ähnlich wie mit verschollenen Socken in der Waschmaschine. Für deren Schwund gibt es aber wirklich keine Erklärung, ein Mysterium! Das Abhandenkommen der Liebe dagegen lässt sich häufig an bestimmten Ereignissen festmachen.

Was dich zum Lachen und Weinen brachte, meine ich mir aus deinen Gedichten rekonstruieren zu können. Jaja, ich darf bei meiner Exegese das Lyrische Ich nicht vergessen. Aber ich bin so kühn und behaupte: Ihr weist beachtliche Parallelen auf, dein Lyrisches Ich und du. *Statt der üblichen Statistik / Gönnt der Autorin etwas Mystik* hast du mal geschrieben, und jetzt komme ich mit meiner Gleichsetzung. Wovor hast du dich eigentlich geekelt, Mascha? Ekel ist nicht gerade ein Sujet für Gedichte. Also weiß ich es nicht. Ich ekel mich vor Spinnen, großen Käfern, vielen Käsesorten, fremden Kühlschränken und am allermeisten vor betrunkenen Männern.

Zweimal habe ich solche geliebt. Den einen wirklich. Ach du meine Güte, hab ich den geliebt, den anderen, das hab ich mir eher eingeredet. Nun aber von dem Einen.

Plötzlich stand er da und mit ihm seine Augen, und von diesen Augen sollte ich mich die nächsten fünf Jahre nicht erholen. Sie waren blau-grün, ganz stechend und ein wenig einen Silberblick hatten sie und sehr, sehr warm waren sie auch. Ich kann heute, 25 Jahre später, nicht an diese Augen denken, ohne wieder 14 zu sein und mir zu wünschen, sie noch einmal das erste Mal zu sehen. Wahnsinn, oder? Was sowas mit einem macht.

Seine Frisur war die eines Johnny Rotten, er trug ein schwarz-rot gestreiftes Oberteil und eine schwarz-rote enganliegende Leopardenhose, dazu schwarze Springerstiefel. Er kam mit in die Wohnung, in der wir zu viert, nun zu fünft, ach denk dir, manchmal waren wir sogar noch mehr, unsere Tage und Nächte auf 20 Quadratmetern verbrachten. Das war nach dem großen kalten Haus und nachdem ich meinem Teeniezimmer auf Nimmerwiedersehen gesagt hatte. Ein paar Monate vor meinem 14. Geburtstag nämlich, da habe ich meinen schwarzen Eastpak-Rucksack gepackt und die Wohnung mit dem Teeniezimmer – besser gesagt, den Menschen in ihr – mit vielen Tränen und einem Zettel auf dem «Danke für Alles, aber ich kann nicht mehr» stand, verlassen. Vom Teeniezimmer ging es in die Jugendschutzeinrichtung und von dort – mit kurzem Zwischenstopp in einer Jugendwohngemeinschaft – nach Köln.

Das war nämlich so: Nachdem ich in der *Bravo* gelesen hatte, die Kölner Domplatte sei DER Punkertreffpunkt schlechthin, beschloss ich, ebendort Punkerin und heroinabhängig zu werden. Und schlussendlich mit 30 an einer Überdosis zu sterben.

Gut, dass das nicht geklappt hat, sonst hätte ich gar keine 500 Euro für zwei Tage Zürich ausgeben können.

Weil ich meine Ziele schon immer entschlossen verfolgt habe, stand ich im Spätsommer 1998 mit einem Rucksack voller Klamotten und meinem Buch *Wir Kin-*

der vom Bahnhof Zoo in der grünen Armee-Umhängetasche auf der Domplatte. Eigentlich soll die Geschichte der 13-jährigen heroinsüchtigen Christiane F. Menschen abschrecken. Bei mir war das Gegenteil der Fall. Sie wurde mein Vorbild. Meine Mutter besaß nicht viele Bücher, wie auch, wenn sie nicht gerne diese ihr fremde Welt der Buchhandlungen betrat. Gerade mal ein Regalbrett konnte sie füllen. Drei Titel erinnere ich genau: *Sorge dich nicht – lebe!*, *Trotzdem habe ich meine Träume* und dann eben *Christiane F. – Wir Kinder vom Bahnhof Zoo*. *Trotzdem habe ich meine Träume*, in den Titel hab ich mich schon mit zehn verguckt. Auf ein Trotzdem folgt immer Widerstand, Widerspenstigkeit, ein Aufbegehren, ein Weitermachen. Das passt zu mir, und zu dir, Mascha, da passt das auch. Leben ist das, was auf das Trotzdem folgt. Ist das Unsinn? Ist das einer dieser Sätze, die schlau klingen und gar nichts sagen? Oder einer dieser Sätze, die mit wenig alles sagen? *Christiane F.* und *Trotzdem* sind beides Bücher über junge drogenabhängige Mädchen, die Protagonistin in *Trotzdem* ist auch noch HIV-positiv. Warum zog mich diese Welt so an? Warum schien mir eine Spritze im Arm plötzlich das Erstrebenswerteste überhaupt? Auf jeden Fall Neugier und ein beinah unstillbarer Hunger auf die Abgründe des Lebens. Hinzu kommt wohl, dass seit meinem Einzug ins große kalte Haus eigentlich alles, was ich dachte, wünschte und fühlte, immer auch Antwort auf die Kälte meiner Mutter war. Diese Kälte zu verdrängen und die einstige Wärme woanders zu suchen, war mein Antrieb.

Ein Blick und zwei Sätze haben ausgereicht, mich für Jahre zu verzaubern. Es ist doch wirklich ein wenig Zauberei mit der ersten Liebe. So wird es ja nicht nochmal. Vielleicht auch besser so, weil wer soll das aushalten?

So viele erste Male an einem Abend, das erste Punkkonzert, der erste Pogo, das erste Herzrasen.

«Ich komme mit, hab eine Woche sturmfrei! Bist du immer so ruhig?», fragte er spöttisch, als wir nach dem Konzert noch mit der Gruppe Punks aus der verranzten Wohnung herumstanden.

Ich glaube, ich habe die Schultern hochgezogen, «okay» genuschelt und gedacht «Was passiert hier? Wieso ist es nicht verboten, derart schön zu sein? Kann ich das verbieten? Lässt sich da was machen?»

In der verranzten Kölner Punker-Wohnung gab es Schlafplätze für drei Leute in Form von zwei Einzelmatratzen und einem geblümten Sofa vom Sperrmüll. Der Rest musste irgendwo ein Eckchen finden. Ich weiß sogar noch, dass es die Zimmerecke rechts vom Sofa war, in der der schönste aller Menschen sich neben mich auf den Boden legte. Ganz selbstverständlich. Da lagen wir dann also, und irgendwie berührte er mich auch, am Rücken, glaube ich? Ich weiß es nicht mehr, nur, dass er mich streichelte, und ich war so schrecklich schüchtern und wusste nicht, was tun, aber weitermachen, ja, das sollte er. Am schwierigsten war das Atmen, ich habe versucht, in seinem Rhythmus zu atmen, damit ich ihm noch näher bin. Schwierig war auch meine Bewegungslosigkeit, sicherlich hätte er sich gefreut, wenn auch ich ihm den Rücken gestreichelt hätte oder den Arm oder beide Arme. Am liebsten aber die Augenlider, nur dann wären diese schönsten aller Augen geschlossen gewesen, und ich hätte doch sogar in Kauf genommen, nie wieder zu schlafen, um für immer in seine Augen zu gucken. So eine Kitschtante bin ich. Die Nacht wurde älter und ich wusste immer noch nicht, was da grad passiert, zog aber Liebe als Möglichkeit in Betracht. Und so lagen wir dort. Die ganze Nacht. Um uns rum Alkohol ausdünstende Punker, seine Hand auf meinem Rücken, mein Atem dem seinen angepasst, die Liebe im Herzen. So haben wir uns also kennengelernt, die Liebe und ich. Morgens die Frage, ob er meine Zahnbürste benutzen könne, und natürlich, nimm doch alles von mir!

Er wollte dann in seine Wohnung, hatte nämlich schon eine eigene mit seinen 17 Jahren und fragte, ob ich mitkomme, natürlich, überallhin gehe ich mit dir.

Ein Zimmer, der Herd gegenüber der Matratze, das Klo im Hausflur, überall Aschenbecher, Bierdosen, Reste weißen Pulvers und dazwischen ich und seine Augen und ich fühlte mich so verwegen und restlos verloren in ihm. Das ist also diese Liebe, alle Tränen davor müssen umsonst gewesen sein, denn das hier war so groß, da kam nichts mehr ran. Er kochte Spinat und sagte: «Der muss Blubb machen.» Und ich dachte: Ja, er muss Blubb machen, wie süß er ist, Blubb zu sagen.

Es war mein zweites Mal und tat höllisch weh, ich konnte nichts tun, lag einfach da, war zu schüchtern, und auch tat es wirklich weh.

«Kannst du auch mal was machen?», fragte er vorwurfsvoll. Und ich schämte mich so, weil ich wusste nicht, was.

Wir haben viel geraucht, viel getrunken, viel gezogen, wenig gegessen, wenig geschlafen. Und, zumindest ich, habe viel geliebt.

Als ich wieder bei den anderen in der verranzten Wohnung saß, machte der 22-jährige Mauli (diese Punker haben die wildesten Namen, glaube mir) Witze, ich sei ein Bügelbrett, habe der Junge mit den Augen gesagt. Bewegungslos sei ich beim Sex gewesen. Maulis Depot an Bügelbrettwitzen schien unerschöpflich. Hätte er sich mal lieber um sich selbst gekümmert. Mauli hatte eine Freundin, und diese Freundin war vor einem Onkel geflohen. Sie war 13. Im Kampf gegen das Establishment – das wissen wir seit den 68ern, und ich wusste es eigentlich auch seit immer schon – ist auch das normal. Ist es normal, dass ein 22-Jähriger mit einer 13-Jährigen schläft. Das Gewand des Nonkonformismus versucht in dieser Szene, viele Übergriffe zu bemänteln. Wer was sagt, ist eben Spießer, und wer will das schon sein? Ich wollte das mit 14 auf keinen Fall und sagte folglich nichts, auch weil mir nicht mal klar war, wie falsch und kaputt es war, was Mauli da machte. Ein Bügelbrettwitz jagte den nächsten, und ich saß einfach stumm auf dem noch niemals gesaugten, stinkenden, geblümten Sofa und schämte mich so sehr. Wollte ich doch wild und abenteuerlich sein, nicht beim Sex daliegen und nicht wissen, was tun. Ich sagte nichts und kaute mir die Innenlippe wund.

Der Junge mit den Augen war währenddessen in seiner Wohnung geblieben, warum ich gehen musste, das weiß ich nicht mehr. Wann er denn wiederkomme, wollte ich wissen. Hätte die Frage am liebsten zurückgezogen, denn Mauli verkündete sofort schadenfroh, der Junge mit den Augen habe eine Freundin, eine Woche Beziehungspause hätten sie. Das hatte er also gemeint, als er von «eine Woche sturmfrei» sprach. Mauli meinte, der Junge mit den Augen habe ein schlechtes Gewissen, gelohnt habe sich der Betrug ja nun wahrlich nicht. Mit einem Bügelbrett ficken, da hätte er auch zu Mutti ins Wäschezimmer gehen können. Ich sagte nichts und kaute mir die Innenlippe wund. Heute würde ich natürlich wissen, wie reagieren, aber mit 14? Wenn die Liebe mit voller Wucht auf dich niederkracht? Wenn du nur noch atmest, um diese Augen noch einmal wiederzusehen? Da weiß man das doch nicht, Mascha.

Bewegt habe ich mich dann doch noch, weil wir Geld brauchten. Beim Schnorren auf der Domplatte nahm mich die Polizei fest. Eigentlich wohnte ich mittlerweile wieder in der verhassten Stadt in einer betreuten Jugendwohngruppe, und war nur in Köln, weil ich gefleht hatte, mich «freizulassen». Erlauben konnten die Betreuer*innen mir das nicht, doch immerhin gestanden sie mir zu, mich nicht rauszuwerfen und keine Vermisstenanzeige zu stellen, wenn, ja wenn ich denn nach spätestens zwei Wochen wiederkäme. Jetzt, da ich selbst erwachsen bin, hört es sich verantwortungslos an, einer 14-Jährigen diese Freiheit zuzugestehen. Doch diese wirklich engagierten und verständnisvollen Betreuer*innen taten das Richtige. Hätten sie es mir verboten, wäre ich sofort wieder abgehauen und nicht mehr zurückgekehrt. So haben sie es geschafft, dass ich Vertrauen zu ihnen aufbaute, und mit einer von ihnen, mit Ute, hab ich immer noch Kontakt. Nach 25 Jahren, sowas Schönes.

Auf der Polizeiwache, da weinte ich und sagte: Ich kann noch nicht zurück in die verhasste Stadt, ich muss hierbleiben! Meine Betreuer*innen wurden angerufen, ich weinte in den Hörer und flehte: «Ich kann jetzt nicht kommen, gebt mir noch ein paar Tage, die Liebe kam dazwischen.» Die kannten sich wahrscheinlich schon aus mit der Liebe und erwiderten, zwar hätte ich versprochen nach zwei Wochen wiederzukommen, doch bis Ende der Woche könne ich noch in Köln bleiben, danach allerdings müssten sie das Jugendamt kontaktieren. Erleichtert, noch ein paar Tage Aufschub für die Liebe erhalten zu haben, saß ich kurz darauf wieder mit Mauli und den anderen in der verranzten Wohnung, sagte nichts und kaute mir die Innenlippe wund.

Es war ein Freitagabend in der Wohnung des Jungen mit den Augen. Ich saß auf seiner Matratze, aschte in eine Reissdorf-Kölsch-Dose, überlegte gerade, ob ich es wagen sollte, ihn von mir aus zu küssen, als die Wohnungstür aufgeschlossen wurde und seine Freundin Tanky vor uns stand. Sie war ebenso arglos wie er schonungslos, weshalb sonst mutete er es uns zu, gemeinsam in einem Raum zu sein, als sei nichts. Solche Angst habe sie gehabt, dass er sich wirklich trennen wolle. Ich sagte nichts und kaute mir die Innenlippe wund.

Das also gehörte auch zur Liebe dazu.

Zurück in der verhassten Stadt wurde alles mit seinem Namen beschriftet, allen von ihm erzählt, es gab nur noch ihn und kein Davor mehr und nichts mehr neben ihm.

Doch er hatte Tanky und ich keine Telefonnummer von ihm, und auch war ich in der falschen Stadt und alles war falsch, und ich weinte und meine Zimmernachbarin in der Jugendwohngruppe konnte mein Weinen nicht mehr hören, und ich konnte nichts mehr hören außer seinem Namen. Diesen Namen, den ich jahrelang falsch schrieb und wegen dem mir sofort Tränen in die Augen schossen, wenn jemand den gleichen trug.

Ich hatte ein Foto von ihm gemacht, als er vor dem Herd stand, sich zu mir umdrehte und Blubb sagte. Als hätte ich geahnt, ihn nur so festhalten zu können. Als hätte ich gewusst, lange Zeit nur dieses Foto als Beweis seiner Existenz vor mir und anderen zu haben. Jetzt konnte ich ihn allen zeigen und rufen: «Da, sehet her, es gibt ihn, und seine Augen, die gibt es auch.»

Damit ich ihn immer angucken konnte, ließ ich mir das Bild auf ein Kissen und ein Poster drucken. Irgendwann, als von der großen Liebe nicht mehr viel übrig war, habe ich ihm davon erzählt. Da hatten sich die Machtverhältnisse schon verschoben. Es sind ja doch irgendwie Machtverhältnisse, weil einer liebt immer mehr. Und das war Jahre später er.

Wenn man in meinem Alter mit großen pathetischen Worten über die Jugendliebe spricht, klingt das irgendwie falsch. Doch ohne Pathos und Dramatik über die Liebe zu sprechen, zu denken oder gar zu schreiben, liegt mir nicht. Pathos und Liebe gehören zusammen. Pathos und ich gehören zusammen. Mit 14, mit 39, mit 92. Ich habe mal den Satz gelesen, auch Pathos könne Kunst sein, richtig eingesetzt. So wahr.

Wie kann eine Liebe, die sich unendlich anfühlte und das gesamte Denken einnahm, enden? Sich gar ins Gegenteil verkehren? Nicht in Hass, aber in Widerwillen, in Ekel.

Niemals, und damit meine ich NIEMALS, hätte ich erwartet, den Jungen mit den Augen irgendwann nicht mehr ertragen, nicht mehr riechen und nicht mehr hören zu können. Ich hatte tatsächlich Hörschwierigkeiten am Ende dieser Beziehung, so wie ich mit elf Jahren – kurz vor meinem Einzug ins große kalte Haus – Schluckschwierigkeiten hatte. Damals konnte ich nicht mehr schlucken, als hätte die Kälte meiner Mutter meinen Kehlkopf eingefroren, und den Jungen mit den Augen konnte ich nicht mehr hören, als hätten seine betrunkenen Verwünschungen meinen Gehörgang verstopft. Wenig erschien mir unvorstellbarer, als dass sowas je passieren könnte. Und doch hat er es geschafft, hat der Alkohol es geschafft, dass nur noch Ekel vorherrschte.

Wie das in Städten so üblich ist, stehen auch in der verhassten Stadt viele Häuser. Ein Haus allerdings ist besonders, war besonders. Da wohnten die Punker! Und in solch einem Zustand befand es sich auch. Meine beste Freundin Natalie und ich waren außer uns vor Freude! Drei Stockwerke voller Punker, in einem davon wir, 150 Euro nur, das Leben vor der Tür. Ein Traum in Punk. Dass die Dusche nur in ihrer Wohnung funktionierte, die wiederum keine Wohnungstür hatte? Egal. Dass meine Wohnung voller Mäuse war? Egal! Wenig Geld, viele Punker, das war von Belang. Unterschreiben konnten wir die Mietverträge sogar selbst, denn wir waren vor Kurzem 18 geworden, perfekt. Du kannst dir bestimmt denken, welch Freude das in einem auslöst, oder, Mascha?

Jetzt sollte, jetzt konnte es richtig losgehen (als wäre nicht davor schon genug für mehrere Pubertäten los gewesen).

Die ersten Monate in der Mäusewohnung waren genau so, wie man sich das vorstellt, Feiern, Lachen, Sex, Drogen, Mäuse. Die nicht vorhandene Wohnungstür wurde durch eine Zimmertür ersetzt, meine Dusche brachten wir nie zum Laufen und die Mäuse vermehrten sich schneller, als ich rauchen konnte, und ich kam auf 30 Zigaretten am Tag.

Kurz nach dem Einzug in die Mäusewohnung reichte es mir mit meiner Sehnsucht. Ich fuhr nach Köln und begann den Jungen mit den Augen zu suchen. Fündig wurde ich auf einem Bauwagenplatz. Ungläubig grinste er mich an, war diese junge entschlossene Frau wirklich das vor Schüchternheit kaum atmende Mädchen, das vor Jahren ihr Herz bei ihm vergessen hatte? Ja, sie war es. Entweder wollte ich mein Herz zurück oder seins auch mitnehmen. Und dann ging alles ganz flott, und endlich erfuhr ich, wie es ist, wenn romantische Liebe erwidert wird. In seinem Bauwagen war wenig Platz, kein Herd, auf dem der Spinat «Blubb machen konnte», das nächste Klo drei Minuten entfernt, Dusche gab es gar keine, entweder ins Schwimmbad oder sich am Waschbecken waschen. Nach ein paar Monaten Köln – verhasste Stadt – und Nicht-genug-voneinander-Kriegen, schlug ich ihm vor, zu mir in die Mäusewohnung zu ziehen.

Ernährt haben wir uns meist von Hühnernudeltopf und anderer Dosennahrung. Dazu täglich eine Packung schwarzen Tabak für mich und eine Packung halbschwarzen Tabak für ihn, konnten wir uns nur einen leisten, wurde es der halbschwarze. Und dann war da eben sein Alkohol. Dosenbier, um auch jedes Klischee zu erfüllen, er hätte auch anderes genommen, nur war das damals am günstigsten. War sogar noch vor Dosenpfand, so viel Leben hab ich schon hinter mir.

Leider kam er oft erst abends auf die Idee, nun noch dringend Alkohol zu brauchen. Jedes einzelne Mal bin ich zur Tankstelle geeilt, wenn er meinte, ohne Alkohol nicht schlafen zu können oder einfach irgendwas betäubt werden musste. Die zu betäubenden Wunden hat er mir nie gezeigt. Was ihm das Leben derart schwer machte, ich wusste es nicht. War zu jung und kam, trotz allem bereits hinter mir Liegendem, anscheinend nicht auf die Idee, zu hinterfragen, warum er sich täglich mit Alkohol der Realität entziehen musste. Auf jeden Fall die Tankstelle, dort war es natürlich teurer als im Supermarkt und so musste ich am nächsten Tag schnorren gehen, damit wir wieder

Geld für Hühnernudeltopf und Tabak hatten. Ich wollte, dass er mitkommt, aber meist ging es ihm zu schlecht, der Kater, das Leben und, wie ich heute denke, eine Depression. Dann habe ich eben alleine «Haste ma ne Mark» gefragt. Mein Tagesziel lag bei 20 Euro, das ging recht schnell, und der Schnorrplatz war um die Ecke der Mäusewohnung.

Nur die Zeit, als das Schnorren irgendwie zum Punksein dazugehörte und das Geld danach auch für Unsinn (ich denke an die wunderschöne rot-weiße Lederjacke) ausgegeben wurde, die war vorbei. Es ging um Dosensuppe, zweierlei Tabak und die Finanzierung einer Sucht.

Schon als Natalie und ich ihn mit ihrem mintgrünen Opel in Köln auf dem Bauwagenplatz abholten und er mit seinen zwei Umzugskartons auf der Rückbank Platz nahm, kamen mir Zweifel.

Plötzlich erschien er mir gar nicht mehr so furchtlos und selbstsicher, eher verloren in der Welt. Verloren aber war ich doch selbst. Diese Zweifel waren richtig schlimm für mich, Mascha, ich fühlte mich so schlecht ihm gegenüber, hinterhältig gar. Schließlich zog er für mich in die verhasste Stadt. Das war doch alles, was ich seit Jahren wollte, woran ich nie geglaubt und worauf ich doch immer gehofft hatte. Und dann kommen mir Zweifel?

Nur weißt du, Mascha, der junge Mann dort auf der Rückbank hatte wenig Ähnlichkeit mit dem, der mich animalisch anzog, von dem ich nicht genug bekommen konnte, den anzusehen ich nie wieder aufhören wollte. Meine Zweifel wurden im Laufe unseres Zusammenlebens nicht weniger, im Gegenteil, sie türmten sich vor mir auf.

Nach eineinhalb Jahren konnten auch seine Augen meine Liebe nicht mehr retten. Ich hatte sie verloren, diese große, mein gesamtes Denken und Fühlen jahrelang dominierende Liebe.

Verloren hatte ich sie entweder bei einem der nächtlichen Polizeieinsätze, bei einem seiner Würgegriffe um meinen Hals oder beim sonntäglichen Sex, der irgendwie absolviert werden musste. Ich begann mich vor ihm zu ekeln, denn die schönsten aller Augen spiegelten nur noch seinen aktuellen Alkoholpegel wider. Nichts mehr mit Johnny Rotten und einander weißes Pulver vom Körper ziehen. Nichts mehr mit *jeder Platz soll schon einmal uns gehört,* an jedem Ort wollen wir uns ein *Auf ewig* ins Ohr geflüstert haben. Gar nichts mehr, Mascha, ich wollte nur noch weg. Ich wusste: Diese Liebe oder ich, eine würde auf dem Friedhof landen. Ich wählte die Liebe. Unzählige Tränen verließen die schönsten aller Augen. Das könne ich ihm nicht antun, wir zwei, das sei doch für die Ewigkeit, ich sollte meinen Begriff der Ewigkeit nochmal überdenken.

Seine Tränen erreichten mich nicht mehr. Sie waren wie das Rauschen einer Baustelle vor dem Haus, leicht nervig, aber man gewöhnt sich dran, irgendwann wird sie schon wieder weg sein.

Ich sehnte mich nur noch nach Normalität, wollte eine eigene Dusche, keine Mäuse mehr, keine grölenden Punker nachts um 02:30, deshalb überließ ich dem Jungen mit den Augen die Mäusewohnung. Den Vermietern war ohnehin egal, wer ihnen die monatlichen 150 Euro überwies. Diese Entscheidung war eine der besten meines Lebens, sie führte mich zu Clara, Freundin fürs Leben. Viel nahm ich nicht mit, meine Erinnerungskiste, meine Klamotten, meine Rattantruhe, mein kleines Bücherregal samt Inhalt. Den Rest, also fast alles, konnte er behalten. Die Plastikwanne, den Wasserkocher – in dem wir das Wasser für ein Bad in der Plastikbadewanne kochten –, die Matratze mit den Spuren unserer einstigen Gier, den schwarzen Ikea-Lacktisch, die zwei Kochtöpfe, in denen er künftig alleine Spinat umrühren und dabei «der muss Blubb machen» rufen würde, den Staubsauger, seine Pfandflaschen, seine Verzweiflung.

WAS MAN SO BRAUCHT …

Man braucht nur eine Insel
Allein im weiten Meer.
Man braucht nur einen Menschen,
Den aber braucht man sehr.

Mascha, ausnahmsweise muss ich dir widersprechen. Man braucht mehr als einen Menschen. In so ein ganzes Leben passt ja doch einiges an Last, verteilt trägt die sich besser. Denn, sage mir, wie bloß soll ein Mensch allein den Kummer, die Trauer, die Angst, die Wut, die Sehnsucht und die Unsicherheit auffangen, die man so mit sich schleppt?

Und sage mir auch, tue ich dir nicht grad unrecht? Denn nach *den paar leuchtenden Jahren,* als es in Deutschland dunkel wurde, braun wurde und du emigrieren musstest, da hattest du ja wirklich nur noch *den Einen,* und dann stimmt es auch wieder, dann rettet *der Eine* vor dem Ertrinken und kann Insel sein. Leicht war das sicher nicht, nur mit *Einem,* denn sicher wolltest du auch mal über Chemjo schimpfen. Dich bei Kaffee und Kuchen auslassen über seine Unfähigkeit den alltäglichen Pflichten gegenüber? Beschwerde einlegen, weil auch du Künstlerin warst und trotzdem alleine den Haushalt führen, die Rechnungen schreiben, dich all der Profanität widmen musstest? Während der Herr Komponist sich der Muse hingeben konnte? Ach, was würde ich wüten! Die Telefone meiner Freund*innen liefen heiß. Meine Oma hat mehrmals verkündet: «Wenn ich nochmal leben könnte, nie wieder wäre ich nur Hausfrau!» Sie hätte gerne einen Beruf ausgeübt, doch es waren die 1950er-Jahre in der Bundesrepublik Deutschland. Wie hätte das denn ausgesehen?

Jedes Gefühl muss ich unmittelbar mit einer Freundin teilen. Wie ein Ausstellungsstück reiche ich meine Gefühle weiter, auf dass alle einen Blick drauf erhaschen und ihre Einschätzung dazu abgeben können. «Hm, meinst du wirklich, deine Wut ist berechtigt?» «Ich kann so gut nachvollziehen, wie weh dir das tun muss.» «Jaaaaa! Oh mein Gott, das ist so schön.» «Grandios! Ich freue mich so für dich und mit dir!» Man muss sich das mal vor Augen führen. Wir alle wandeln auf dieser Welt herum, unwissend, weshalb irgendwas existiert, wie lange es existieren wird und ob dieses Irgendwas, das unser Alles ist, reiner Willkür oder einem Plan entspringt. Und inmitten dieser unsicheren Ahnungslosigkeit treffen wir auf Menschen, denen wir das Beste wünschen. Mit deren Sorgen wir Verstecken spielen und deren Freuden wir teilen wollen. Da soll nochmal einer an der Existenz von Wundern zweifeln.

Freundschaften gibt es leise, laute, intensive, oberflächliche. Es gibt welche, in denen mehrmals täglich jedes Gefühl gemeinsam seziert wird, dann gibt es die, in denen häufig wochenlange Funkstille herrscht. Gemein ist ihnen die tröstliche Frage *Weißt du noch?* In dieser Frage steckt so viel Verbundenheit. Sie enthält das Wissen, nicht alleine auf der Welt zu sein, weil es jemanden gibt, mit dem man ein *Weißt du noch?* teilt.

Wusstest du im Übrigen, dass ich reich bin? Was jammer ich eigentlich so viel? Meine Sorte Reichtum spiegelt sich allerdings nicht auf dem Konto wider. Mein Reichtum bleibt vom Börsengang unbeeindruckt, verfügt jedoch über sehr ertragreiche Zinsen. Ich bin nämlich reich an Menschen, mit denen ich ein *Weißt du noch?* teile.

Kitsch hin oder her, Liebe nimmt zu, wenn sie erwidert und verteilt wird. Niemand kann alleine Freund*in sein. Um Freund*in zu sein, braucht es ein Gegenüber.

Derer habe ich viele, Mascha. Und trotzdem, ja trotzdem, bin ich ab und an traurig und fühle mich alleine. Immer dann, wenn ich wieder elf Jahre alt bin und die Liebe meiner Mutter zurückhaben möchte. Als wäre nur ihre Liebe, die Liebe der EINEN, meine Insel und die anderen lediglich Bojen auf dem Weg dahin. Wie unfair.

Wer hat mich denn abgeholt, als ich völlig aufgelöst, mit aufgeschnittenen Armen und Beinen in der Küche meiner Mutter stand? Clara. Dabei verstand sie nicht mal, was vor sich ging. Ich hatte sie angerufen, geschluchzt, das Handy zur Seite gelegt und weiter auf meine Mutter eingeschrien. «Kannst du nicht sagen, dass du mich liebst? Einmal? Dass du mich mal geliebt hast? Das Wort Liebe im Zusammenhang mit mir verwenden? Wer bist du? Wo bist du hin? Ich will eine Mama haben, guck mich doch an. Alles kaputt. Der Kopf, die Arme, die Beine, hast du mich dafür auf die Welt gebracht?» Clara ist – mit dem Handy am Ohr – in ihren roten Golf gesprungen, hat geklingelt, sich an meiner Mutter vorbeigedrängt, mich in den Arm genommen, meine Sachen zusammengesucht und gesagt «wir fahren nach Hause». Nach Hause.

Wer trocknet denn seit Jahren meine Tränen, wer fängt denn seit Jahren, manche seit Jahrzehnten meine Wut ab? Wer ruft denn «Elisa, so beruhige dich doch», wenn ich vor Kichern nicht mehr ein noch aus weiß? Das kann nämlich ebenso passieren, dass das Kichern nicht endet. Kein Tränenstrom, ein Kicherstrom. Muss doch nicht immer alles schwer sein.

Das sind sie, meine vielen *Einen*.

Mein Weinen ginge durch Mark und Bein, habe man diese Verzweiflung einmal gehört, so könne sie nicht mehr vergessen werden, sagen meine Freund*innen. Nicht alle hielten diese Verzweiflung aus, manche haben sich verabschiedet, die einen für immer, die anderen für eine Weile.

Meine Trauer galt nie nur den verlorenen Lieben, nein, sie galt immer auch *ihr*. Deshalb wohl vergoss ich doppelt so viele Tränen, und deshalb wohl war mein Schluchzen doppelt so laut, weil es immer um zwei Menschen ging und irgendwie auch ums Überleben.

Eine, die immer blieb, ist Natalie. Saß ich auch noch so alleine auf meinem Bett im Fünf-Quadratmeter-Schrankwand-Zimmer des großen kalten Hauses, so wusste ich doch: Natalie ist nur einen Anruf entfernt. Zur Zeit des großen kalten Hauses gab es nur sie. Ich hatte niemanden sonst. Nur Natalie und meine Bücher. Mit einem sogenannten Amt musste ich sie anrufen (das klingt, als hätte ich dir das Wort aus dem *Stenogrammheft* stibitzt, oder?). Das funktionierte so: Ich rief im Foyer des großen kalten Hauses an, bat um ein Amt – auch wenn ich bis heute nicht recht verstehe, was das eigentlich sein soll – und konnte dann Natalies Nummer wählen. Allerdings hatte ich nur eine begrenzte Anzahl an Ämtern zur Verfügung, und waren die ausgeschöpft, musste ich zur Telefonzelle gehen. Seit bald 30 Jahren weiß ich Natalie immer an meiner Seite. Wacker hat sie sich geschlagen. Wie ihr Gemüt und ihr Herz das bis hierhin überstanden haben, ist mir ein Rätsel. Was ich weiß, ist: Vermutlich hätte ich dieses Leben bis hierhin nicht so gut überstanden, wäre sie nicht Konstante geblieben. Sie hat so viel meiner berechtigten Wut abbekommen. Dabei konnte sie nichts dafür, nur die Wut wollte raus, da hatte ich keine Kontrolle. Natalie blieb.

Natalies Herz ist eine gemütliche Wohnküche, in der grad Milch im Henkeltopf heiß gemacht wird und Kekse zum Dippen auf dem Holztisch bereitstehen. Mit Natalie teile ich die meisten *Weißt du nochs*. Weißt du was, Mascha, ich schreibe ihr jetzt eine Nachricht: *Danke fürs (Aus-)Halten, auf die nächsten 30–50 Jahre, deine Elisa. PS: Pass auf, dass die Milch nicht überkocht!*

Du, Mascha, wirkst so sanftmütig auf mich, zumindest nach außen. Flogen bei euch Teller? Eheringe? Beschimpfungen? Vorstellen kann ich mir das nur schwer. Vorwürfe, das konntest du, glaube ich. Deine enge Bindung zu Freundin und Agentin Ruth Liepman ist wohl an diesem Talent zugrunde gegangen. Vielleicht tue ich dir auch unrecht. Wir können ja nicht miteinander reden. Der Tod weiß das zu verhindern. Also sitze ich hier mit meinen aus Sekundärquellen gespeisten Spekulationen. Ob wir wohl Freundinnen gewesen wären? Vorwürfe kann ich auch! Stell dir vor, wir im Café, einander mit Vorwürfen überhäufend. Auch eine Möglichkeit, seine Tage zu verbringen.

«Wir sind eure Hängematte, in die ihr immer fallen könnt», versprach der Papa meiner Natalie bei ihrer Hochzeit. Im Moment dieser Verkündigung landete eine Fliege in meinem Mund. Der nämlich stand vor Neid und Erstaunen sperrangelweit offen. Dieser Satz. Mehr als solch einen Satz braucht es nicht, um das Leben auszuhalten. Und dann noch die vielen *Einen,* die diesem Satz Leben einhauchen.

SOLO FÜR FRAUENSTIMME

Wenn du fortgehst, Liebster, wird es regnen,
Klopft die Einsamkeit, mich zu besuchen.
Und ich werde meinem Schicksal fluchen.
Deine Tage aber will ich segnen.

Du drangst wie Sturmwind in mein junges Leben,
Und alle Mauern sanken wie Kulissen.
Du hast das Dach von meinem Haus gerissen.
Doch neuen Schutz hast du mir nicht gegeben.

So starb ich tausend Mal. Doch da du kamst,
Mocht ich das Glück, dir nah zu sein, nicht stören.
Wie aber solltest du mein Schweigen hören,
Da du doch nicht einmal mein Wort vernahmst …

Wieder die Liebe. Oder das, was man für Liebe hält, wenn einen sonst nichts hält. Einmal nämlich war ich so überzeugt, es müsse Liebe sein. Das ist natürlich gelogen, ich war viele Male überzeugt. Jetzt aber von dem einen Mal. Das war nach der Trennung von dem Jungen mit den Augen und anderen kleinen Irrtümern.

Dieser Irrtum fiel in eine Zeit, in der ich das Poetischsein kultiviert habe. Warum sich mit Gedichten begnügen, wenn gleich das gesamte Leben poetisiert werden kann?

Was war das für ein unendliches Drama mit dem, der wie *Sturmwind in mein junges Leben drang*. Und natürlich alles notiert und dabei an Ruhm gedacht, so gehört sich das auch mit Anfang 20. Findest du nicht?

Nie wird es ganz aufhören, hast du gesagt.

Das verkraften wir nie, darunter werden wir immer leiden, hast du gesagt.

Ja, dachte ich, er hat wohl recht, habe ich gedacht.

Mein Körper war wohl schön, damals, mit 20.

Mein Temperament war wohl furchteinflößend, damals, mit 20. Meine Liebe war wohl groß, damals, mit 20.

Weißt du noch, die Geschichten?

Weißt du noch, all die Orte, die Tränen, das Lachen, die Liebe, der Schmerz, das Blut, mein Wahnsinn, deine Rastlosigkeit.

Solche Sachen habe ich damals mit einem das Ende vorwegnehmenden retrospektiven Pathos geschrieben, Mascha.

Jannis. Heute hat er vier Kinder mit drei verschiedenen Frauen. Die Mutter der letzten beiden Kinder hat er geheiratet. Jannis ist Autor. Erfolgreich sogar. Keine Selbstverständlichkeit. Weißt du ja. Damals sagte er: Sollte ich je heiraten, dann dich. Was man alles glaubt, was man alles glauben will, mit Anfang 20.

Lügner, eiskalte Ignoranten, all jene, die sagten: Es geht vorbei, du wirst wieder glücklich sein, das Leben geht weiter. Wie recht sie doch hatten, und wie ich heute darauf blicke und milde lächle und denke: Danke, früheres Ich, dass du all das gelebt hast.

Danke, Jannis, dass ich dieses wilde Jahr mit dir leben und irgendwie auch lieben durfte. Danke, Leben, dass alles gut wurde.

Es begann mit einem Foto an der Wand meiner Mitbewohnerin und für immer Freundin Clara. «Wer ist denn das? Der ist ja wunderschön?! Mein Cousin, er studiert in Leipzig am Literaturinstitut.»

Literatur war etwas, das man studieren konnte? Ich hatte ja keine Ahnung. War überzeugt, es geht um Talent. Nichts als Talent. Ein studierter Dichter also? Ein studierter Dichter in spe.

«Ich muss mit ihm schlafen, und danach soll er Gedichte über mich schreiben.» «Jannis steht nicht auf Frauen wie dich. Das wird nichts», musste ich mir von seinem besten Freund, der gefühlt in unserer WG-Küche lebte, anhören. Das wollen wir mal sehen. Und was sind Frauen wie ich? Heute würde mich so eine Aussage sehr kränken, damals fand ich mich schön und unwiderstehlich. Frauen wie dich, das ist so unverschämt. Der soll mir besser nicht mehr über den Weg laufen. Der beste Freund, Jannis gerne. Dann können wir uns gegenseitig nostalgisch «weißt du noch», «weißt du noch» fragen. Das fände ich hinreißend. Poetisch gar.

Als Jannis einige Wochen nach der geäußerten Unverschämtheit seines besten Freundes zu Besuch in unsere WG kam, ging es dann doch ganz schnell. Auch mit Frauen wie mir.

Ein wenig holprig, aber schnell. Jannis besuchte Clara, Clara bekam plötzlich einen Anruf, mein Zimmer war das größte in der WG, und da saßen wir dann.

Ich rauchte eine nach der anderen, Jannis stellte mir langweilige Fragen. Die Sorte Fragen, die man nicht von einem erwartet, der Gedichte schreibt. «Wie lange wohnst du schon hier? Wie habt ihr euch eigentlich kennengelernt, Clara und du? Ganz schön laut, so an der Hauptstraße, oder?»

Schüchtern, das passt nicht zu dem Bild, das ich von mir habe, zu dem Bild, das ich von mir zeichnen will, doch ehrlich sein, das passt schon zu dem Bild, das ich von mir zeichnen will, und ja, an diesem Abend war ich plötzlich wieder einmal sehr, sehr schüchtern. Näher an ihn ranrücken? Unangenehm. Flirtend gucken? Sehr peinlich und sorgt meist für Verwirrung. Worte nutzen? Wenn sie draußen sind, sind sie in der Welt. Einen Versuch war es wert.

«Willst du bei mir übernachten? Ich habe noch Weißwein hier, wir könnten ein wenig trinken, was meinst du?» Spöttisches Grinsen bringt mich um den Verstand. Ich gebe alles, wenn ein schöner Mann mich spöttisch ansieht. Eine Augenbraue nach oben, den diagonal liegenden Mundwinkel nach unten gezogen. Dann weiß man, jetzt hat man ihn. Natürlich wird er Wein mit mir trinken, natürlich wird er bei mir schlafen, natürlich wird er mit mir schlafen.

Einmalig sollte es sein. Am nächsten Abend kam er wieder.

Meine Schüchternheit wich Kühnheit, und ich teilte ihm mit, dass er jederzeit vorbeikommen könnte, um wilden Sex mit mir zu haben. Seine Antwort: Augenbraue nach oben, diagonal liegender Mundwinkel nach unten gezogen.

Es war eine Zeit, in der ich jeden Moment damit rechnete, dass Jean-Luc Godard um die Ecke gebogen käme und mir weitere Anweisungen für mein Leben als Femme fatale in einer Amour fou gäbe. Auch meine Lektüre passte ich dieser Phase an und las unter anderem *Sexus* von Henry Miller. Kanntest du den? Also nicht persönlich, aber seine Bücher?

Meine Langzeitaffäre Stefan, ein völlig wahnsinniger Typ, der dachte, ich sei die Auserkorene, die für immer in seinem Herzen bliebe, hatte ihn mir empfohlen. Für Stefan war ich Projektionsfläche seiner Sehnsüchte, und was er in mich projizierte, gefiel mir ausgesprochen gut. Etwas Angst hatte ich auch vor Stefan, er trank viel und war in diesem Zustand meist unberechenbar in seiner aus zu viel Selbstmitleid geborenen Wut. Manchmal fuhr ich nachts mit dem Taxi zu ihm, holte ihm einen runter, während ich mit der anderen Hand rauchend, gelangweilt auf seinen Fernseher blickte, um kurz darauf wieder mit dem Taxi nach Hause zu fahren. Mit ihm fühlte ich mich geheimnisvoll, was ich nie war. Ich war immer schon ein offenes Buch für jeden, der in mir lesen wollte, hatte nie ein Schloss. Geheimnisvoll und betörend sein, dieses Bild von mir liebte ich.

Zurück zu Henry Miller – das Buch drapierte ich natürlich immer so in meinem Zimmer, dass es jeder sehen konnte. Ach, gebildet ist sie auch noch. Na ja, heute interessieren mich die sexuellen Fantasien irgendwelcher Typen, gepresst in Buchform, nicht mehr. Wenig interessiert mich weniger, aber damals mussten es eben Henry Miller und Charles Bukowski sein.

Weißt du, Mascha, früher dachte ich, einmal über diese Liebe zu schreiben. Keine Gedichte, das kann ich nicht, ein ganzer Roman sollte es werden, DER Roman d'amour. Im Übrigen wünsche ich mir, dass irgendwo auf der Welt jemand Roman d'Amour heißt. Wenn ich jetzt so zurückgucke und mich erinnere, dann bin ich dankbar und auch erheitert, dieses Drama erlebt zu haben. Der Schmerz war real und riesig, doch die Liebe? Die war es nicht.

Jannis war der Erste, der mich Dichterin nannte, ist doch klar, dass ich da wahnsinnig wurde. Verschwenderisch nannte er mich, verschwenderisch mit meinen Gefühlen. Geizig war ich echt nicht mit denen, kann niemand behaupten. Ist ja oft die Frage: Bin ich verliebt in den anderen oder in das von mir gezeichnete Bild? Oft ist es beides. Hier war es beides. Bei ihm sicher auch. So angehimmelt zu werden, das schmeichelt ja ungemein. Und was hab ich den angehimmelt, meine Güte. Er sah aus, als trage er immer Notizbuch und Bleistift bei sich. Tat er auch. Das war ja überhaupt das Allerbeste. «Ach ja, und natürlich schreibt er Gedichte. Und Geschichte. In meinem Herzen.» Mit diesen Worten stellte ich Jannis damals meinen Freund*innen vor. Und er trug braune Cordhosen. Wer könnte da widerstehen? Ich sicher nicht.

Eines unserer Rituale bestand aus einem kleinen Spiel. Jedes Mal bevor Jannis die verhasste Stadt und damit auch mich bis zu seinem nächsten Besuch verließ, bettelte ich: «Trag es noch einmal vor! Bitte! Bitte, Jannis, ich muss es hören, von dir!» Jannis verdrehte die Augen, grinste und begann, während er seine Klamotten vom Boden aufsammelte, Brecht zu zitieren: «Der, den ich liebe, hat mir gesagt, dass er mich braucht. Darum gebe ich auf mich acht, sehe auf meinen Weg und fürchte von jedem Regentropfen, dass er mich erschlagen könnte.»

Es war eine Inszenierung, eine Inszenierung unserer selbst und die Inszenierung einer Liebe. Die Statist*innen mussten wirklich leiden. Was habe ich mich aufgeführt, schade, dass ich's nie zum Film geschafft habe. Es tat aber auch weh, Mascha. Nach einer Party weckte Clara mich wütend, was war die sanfte Clara da sauer auf mich! Das Waschbecken sei aus der Verankerung gerissen, die Wohnung voller Scherben und Blutspuren und neben meinem Bett ein Blumentopf voller Kotze. Jannis und ich – das kann ich nicht anders sagen – hatten das Waschbecken aus der Verankerung gefickt. Ich hatte so viel getrunken und die Bierflaschen direkt zur Selbstverletzung weiterverwertet.

Mein Kopf tat weh, meine Arme brannten von den Schnitten, mein Herz war sowieso immer entzwei, und Jannis wollte nichts mehr von mir wissen. Bis er es sich zwei Tage später wieder anders überlegte. Heute verstehe ich Claras Wut, nur mit 21, verkatert, traurig, auf der

Suche nach Mitleid, verstand ich sie nicht. Mir wurde das Herz gebrochen und sie kommt mir mit Banalitäten? Waschbecken kaputt? Es gibt Klempner*innen. Blut auf dem Boden? Es gibt Lappen. Scherben überall? Es gibt Besen. Die arme Clara.

Unser Mitbewohner Markus, ein freundlicher, unbedarfter BWL-Student, verließ die WG relativ schnell, nachdem das Drama mit Jannis und mir begonnen hatte. Er war schlau.

Gestern Morgen hat er mich verlassen, geplagt von schlechtem Gewissen.

Wollen unsere Körper doch mehr voneinander, als es seine protestantischen Moralvorstellungen zulassen. Er ist von einer Rastlosigkeit getrieben, kann nie lange an einem Ort verweilen.

Ich hasse ihn, ich liebe ihn, ich will ihn nie wieder sprechen. Und doch, nur noch einmal, aber diesmal für immer.

Fragmente für DEN Roman d'amour.

Einmal hat er mir Narbencreme gekauft. Kannst du dir das vorstellen? Dieses wilde Jahr war sehr blutig. Wenn man genau hinguckt, meine Beine und Arme einer Inspektion unterzieht, erkennt man noch jedes einzelne Mal, das er mich verlassen hat. Oder ich seinen Schlaf als letzten, endgültigen Beweis seines Desinteresses an mir interpretierte. Narbencreme. Ich muss lachen. Natürlich ist es auch tragisch. Wir wissen ja, normal ist es nicht, sich aufzuschneiden, wenn einem die Liebe entzogen wird oder man dies auch nur vermutet. Aber das mit der Narbencreme zeugt einfach von Humor. Dir ist sicher klar, ich wollte lediglich zurück ins Haus meiner ersten Schritte.

Ein wenig Schuld trifft aber auch die Literatur, denn ich hatte, kurz bevor Jannis in mein Leben trat, das Buch *Wahnsinn, der das Herz zerfrißt* gelesen. In diesem Roman fand ich folgendes Zitat Byrons, in dem ich mich wiederzufinden meinte. Wie das eben so ist mit Anfang 20: «Der wesentliche Sinn des Lebens ist Gefühl. Zu fühlen, daß wir sind, und sei es durch den Schmerz.»

So ein Unsinn. Dem ersten Satz stimme ich immer noch zu, für den zweiten empfehle ich eine Therapie.

Jannis brachte sich nach einem Jahr voller Liebesschwüre, Gedichtrezitationen, aufgeschnittener Arme, mit aus der Verankerung gerissenen Waschbecken, hunderttausend Litern Tränen, einer heiseren Stimme von «Bleib, Jannis, bleib!»-Schreien in Sicherheit. Der Roman d'amour blieb unvollendet.

KLEINES LIEBESLIED

Weil deine Augen so voll Trauer sind,
Und deine Stirn so schwer ist von Gedanken,
Laß mich dich trösten, so wie man ein Kind
In Schlaf einsingt, wenn letzte Sterne sanken.

Die Sonne ruf ich an, das Meer, den Wind,
Dir ihren hellsten Sommertag zu schenken,
Den schönsten Traum auf dich herabzusenken,
Weil deine Nächte so voll Wolken sind.

Und wenn dein Mund ein neues Lied beginnt,
Dann will ichs Meer und Wind und Sonne danken,
Weil deine Augen so voll Trauer sind,
Und deine Stirn so schwer ist von Gedanken …

Hast du dein Leben auch in Abschnitte unterteilt, Mascha? In Galizien, Marburg, Frankfurt, Berlin, New York, Jerusalem, oder in Saul, Chemjo, Chemjo und Steven, dann wieder nur Chemjo und am Ende nur du? Bestimmt. Wer macht das nicht? Je mehr Jahre, desto mehr Struktur, um sich zu erinnern, ist ja nötig.

Ich unterteile meins, das ist irgendwie extrem unangenehm, in Liebesbeziehungen. Kann immer genau sagen, wer wann gerade mein Herz besetzt hatte. Und besetzt war es durchgehend. Wie auf einem Lineal habe ich die

Lieben alle zentimeterweise vermerkt, Wohnungen, Jobs, Freundschaften, das sind die Millimeter. Unangenehm ist es mir, weil ich mich allen feministischen Überzeugungen zum Trotz, wohl nie ganz von der Vorstellung lösen konnte, mein Seelenheil lediglich in einer romantischen Beziehung zu einem Mann zu finden. Wieder mal tue ich meinen Freund*innen unrecht. Sind sie es doch, die mich auffangen, halten, verarzten, mir ins Gedächtnis rufen, es bis hierhin geschafft zu haben, mich erinnern, dass es bisher immer weiterging. Am besten, ich verschicke gleich eine Rundmail an die alle: *Hallo, ihr seid es! Ihr seid mir Hängematte und Seelenheil. Ich chronologisiere mein Leben jetzt neu. Nach euch!* Nick bekommt die Mail auch, denn er ist nicht nur mein Ehemann, nein, er ist auch mein bester Freund, mein allerbester Freund.

Bei deinem *Kleinen Liebeslied* – das erst laut vorgelesen seine ganze Wucht entfaltet – muss ich jedes Mal an einen ganz bestimmten Herzbesetzer denken. An einen, den ich dachte zu lieben und wieder mal mehr das Bild von mir und uns geliebt habe. Dabei hätte er unbedingt jemanden gebraucht, der ihn wirklich liebt. So dringend. Auch wenn das wohl nichts geändert hätte. Die Entscheidung fiel Jahre vor dem endgültigen Entschluss. Hat nur niemand geglaubt.

Wenn man über jemanden spricht, von jemandem berichtet, der sein Leben beendet hat, will man ihm gerecht werden. Das sollte dann schon der Anspruch sein. Doch diesen Anspruch werde ich nicht erfüllen können, denn ich kannte ihn kaum, kannte nur, was ich kennen wollte, den Philosophen mit den traurigen Augen und den ständig verwuschelten blonden Haaren. Sein Blick gab mir das Gefühl, so sei auf dieser Welt selten jemand begehrt worden. Das genügte, um den Wahnsinn zu entfachen, und damit werde ich ihm sicher nicht gerecht.

«Du weißt DAS mit Holger, oder?»

Ich wusste sofort, was sich hinter dem DAS verbarg.

Das letzte Mal gesehen hatte ich ihn eineinhalb Jahre vor Erhalt dieser E-Mail, am Rathaus Schöneberg. Schön sähe ich aus, aber das sei ja nichts Neues, anders als staunend hätte er mich nie betrachten können, das, wenigstens das, hätte sich nicht geändert. Dann strich er mir eine lange schwarze Haarsträhne hinters Ohr, küsste mir die Stirn und bedankte sich für das, was mal war zwischen uns. In Anbetracht unseres schrecklichen halben Jahres fand ich es hochdramatisch und unpassend und gleichzeitig auch allzu passend. Zwei Monate später sprang er von einer Brücke. Seinem letzten Sprung gingen genaue Planungen voraus. Dieses Leben, er wollte es nicht und wollte es doch, aber anders, und anders gab es für ihn nicht, und dann lieber gar nicht mehr. So wirklich ernst genommen hatte ich seinen Todeswunsch oder seinen Wunsch nach Nichtleben nie. Das Sprechen darüber passte zu ihm, der sich stundenlang auf der Suche nach den Bedeutungen einzelner Wörter in der Bibliothek der großen Stadt beschäftigen konnte, um sich danach zu beschweren: «Dich interessiert es ja gar nicht, welche Wort-Bedeutungen ich heute wieder dekonstruiert habe.»

Und da hatte Holger schon recht. Es interessierte mich nicht, ich wollte, dass wir uns Gedichte vorlesen, meinetwegen – in größter Not – auch *Ulysses*, aber nicht dieses philosophisch Unverständliche. Ich dachte, wir würden einander *vierundzwanzig Stunden täglich* Gedichte rezitierend Rauch ins Gesicht pusten. Uns dabei aufgeregt unterbrechen, weil eins zum andern führt und man bei Heine auch an dich denkt, oder andersrum, Mascha, bei dir an Heine. Dazwischen, dachte ich, würden wir einander Ungeheuerlichkeiten und Ewigkeiten ins Ohr flüstern. Mit Holger dachte ich meinen Roman d'amour zu bekommen.

So eine Enttäuschung. Er suchte in mir eine Seelenverwandte, die auch Rettung war, doch Rettung konnte ich nicht sein. Wie beim Jungen mit den Augen, der brauchte auch eine Rettung. Wer bin ich denn? Ich war doch selbst froh über jede Woche, die ich ohne Blut und Tränen überstand. Wen hätte ich da wie retten sollen? Ich habe ihm damals – neben vielem anderen – das hier geschrieben:

Gratuliere, im kältesten aller Winter, hast du es geschafft, mein Herz zu schmelzen.

Es ist Matsch. Keine Rutschgefahr mehr. Für dich ja sowieso nicht. Ich bin kaum noch da, die, die du liebtest, hat sich versteckt.

Aber weißt du: Der, den ich lieb(t)e, der hat sich auch versteckt.

Mich kann ich wiederfinden.

Bei dir, da kann ich nur hoffen und beten und hoffen.

Auch wieder so dramatisch, drunter hab ichs nie gemacht. Sonst kann man sich das auch sparen mit der Liebe.

Klingt jetzt, als hätte ich ihn verlassen, dabei war es andersrum. Nachdem er mich verlassen hatte, lernte ich nochmal ein ganz anderes großes Haus kennen. Sehr steril war es dort. Und auch wieder kalt, was nicht am bitterkalten Februar der großen Stadt lag. Im Gegensatz zum großen kalten Haus erfolgte diesmal Hilfe. In Form stecknadelkopfgroßer blauer Tabletten. Beide Arme waren verbunden. Meine Güte, Mascha, war das eine Zeit. Fühlt sich makaber an, jetzt da er wirklich tot ist und ich mit heilen Armen und kaum noch sichtbaren Narben in einem ICE sitze. Ich werde ihm nicht gerecht, siehst du. Geht nur um mich und wie es für mich war, aber was ging in ihm vor, als er wieder mal nicht gerettet wurde? Als er wieder mal enttäuscht wurde, weil Idealisierung und Projektion nur in Enttäuschung münden können? Da hab ich nie drüber nachgedacht. War so mit meiner eigenen Enttäuschung beschäftigt, und dann kam bald schon die nächste Liebe, die keine war. Holger hatte nie sehr viel gewogen, drahtig war er, stand ihm gut. Jetzt wiegt er zwei bis drei Kilo, so viel wiegt Asche in einer Urne. Na ja, es bleibt nicht viel, wenn einer von der Brücke springt. Bei dieser Form von Suizid, aus dieser Höhe, wollte es die Person ganz sicher. Das haben die bei der Suizid-Hotline, oder wie das heißt, gesagt. War ein Trost. Wenn man von Trost sprechen kann bei sowas, wenn einer mit nicht mal 30 Jahren denkt, es reicht jetzt, auf mich wartet nichts mehr. Ich bin weg. Für immer.

Immer und nie, das mochte er nicht, wenn ich so absolut gesprochen habe. Vielleicht weil er wusste, was nie wieder bedeutet.

Ich habe noch alte SMS von ihm, die hab ich mir damals alle abgeschrieben, in ein blaues Notizbuch (hab ich natürlich noch), sie waren so poetisch. Eine kann ich sogar immer noch auswendig: *Kannst du kommen, Schöne, zu mir kommen, in mir kommen, auf mir kommen, unter mir kommen, kommen und bleiben?* Und das, liebe Mascha, war die SMS, die mich in eine Marathonläuferin verwandelte. Ich rannte zur U-Bahn, hetzte in den Bus, hechelte seine Treppen herauf, klingelte, warf mich auf sein Bett, zog mich aus, spreizte die Beine, hielt die Arme auf und sagte: «Komm, komm, komm.» Dieses Grinsen, halleluja, konnte der verliebt grinsen. Halleluja, konnte der sich schnell entkleiden. *Ich bin da. Ich bleibe.* Und das, liebe Mascha, war der Moment, in dem Holger sich in einen Archäologen verwandelte. Es fühlte sich an, als grabe er in mir, den Schleim auf seiner Hand strich er sich in die blonden Locken, meinen Namen schrie er durch ganz Schöneberg. *So, so schön* und *dafür lohnt es sich*, das flüsterte er. Immer wieder.

Wir hassten uns. Wir verabscheuten einander. Er mich auf jeden Fall. Hatte er sich doch so in mir getäuscht, dachte, ich sei ebenso nachdenklich wie schön. Wollte meinen vormals bis zur Unendlichkeit begehrten Körper nicht mehr berühren. Nach nur drei Monaten. Die restlichen drei Monate unserer Liebe oder eher unserer Täuschung kämpfte ich bis zur körperlichen und seelischen Erschöpfung um die Rückkehr seiner Liebe.

Was war geschehen? Ich war bedürftig, er war bedürftig, er wollte eine Retterin, ich wollte einen Retter. Er war anfangs so gut zu mir, so gut wie keiner zuvor, er wurde grausam, so grausam wie keiner zuvor. Grausam mit Worten, er wusste sie einzusetzen. Ich fühlte mich dekonstruiert. Ohne ihn konnte ich mich nicht mehr sehen, doch mit ihm, da sah ich jemand anderen. Anfangs war ich die Schönste, die Weiseste, die Witzigste, die Stärkste. Dann war ich plötzlich zu dünn, zu naiv, zu leise, zu schwach, und retten konnte auch ich ihn nicht.

Den Zustand der Agape würden wir nie erreichen, und hätte ich Roland Barthes aufmerksamer gelesen, wäre ich darauf auch ohne seine Erklärungen gekommen. Ich war aufgeflogen. Roland Barthes' *Fragmente einer Sprache der Liebe* hatte ich nämlich nur, na, sagen wir, fragmentarisch gelesen. Gleichgültig. Als Holger diesem Verrat auf die Schliche kam, ja, für ihn war es Verrat, war es ohnehin schon zu spät für unsere Liebe. Ich hatte ihm vorgegaukelt, nicht nur schön, wild und poetisch, sondern auch ein Quell tiefer Gedanken zu sein. Verrat ... Jaja, über Tote soll man nicht schlecht sprechen, doch Verrat ist schon ne Nummer zu groß dafür, dass ich vorgab, mich für philosophische Themen zu interessieren, hätte ja auch wirklich passieren können, hätte er sie mir mal interessanter nahegelegt.

Kennengelernt hatten wir uns in einem Antiquariat der großen Stadt, hinter dessen wuchtigem Schreibtisch ich an der Kasse saß. Dort, in diesem Antiquariat machte ich doch tatsächlich eine Ausbildung zur Buchhändlerin. Meiner Oma gefiel es enorm, nun bei ihren wöchentlichen Rommé-Runden sagen zu können: «Meine Enkelin ist Buchhändlerin.» Buchhändlerin, das macht doch was her. Ich selbst war immer noch ungläubig, es tatsächlich geschafft zu haben, einen Ausbildungsplatz zu ergattern. Acht Stunden täglich war ich nun von Büchern umgeben. Bücherregale bis zur Decke, wie es sich für eine echte Buchhandlung gehört, eine Bibliotheksleiter zum Schieben, dieser leicht muffige Geruch, den ich unbedingt im Flakon besitzen möchte. Die Bücher erreichten uns als Spenden. Das funktionierte so: Die Spendenden riefen im Antiquariat an, und wir kamen mit einem Sprinter angefahren, packten die Bücher in Bananenkisten und sortierten sie in unserem Lager nach Altpapier, zum Verkauf im Laden und nach wertvolleren zum Verkauf im Internet. Keine sortierte so schnell wie ich. Irgendwie hatte ich da einen Blick für. Bücher, die mich selbst interessierten, legte ich mir zur Seite. Für 20 Euro durfte ich monatlich Bücher mitnehmen, den Rest musste ich von meinem Ausbildungsgehalt bezahlen. In meinem Fach stapelten sich die Bücher, und zwar Bücher von Frauen oder über Frauen. Während meiner Ausbildung begann ich Biografien zu verschlingen. Am eindrücklichsten erinnere ich mich an die Autobiografie *Ich verzeihe keinem – Eine literarische Chronique scandaleuse unserer Zeit* der Schriftstellerin Claire Goll. Zumindest dem Namen nach kanntest du die bestimmt, Mascha. Eigentlich hoffe ich, dass nur dem Namen nach, sie scheint mir so unendlich unsympathisch, das wäre nichts für dich gewesen. Claire interessierte sich nicht für Konventionen, doch über andere Frauen sprach sie mit einer Verachtung, wie ich sie nicht noch einmal in der Autobiografie einer Frau gefunden habe. Die Freiheiten, die sie zu Recht für sich in Anspruch nahm, sollten nicht zwingend für andere Frauen gelten. Dieser Widerspruch faszinierte mich auf eine unangenehme Art. Gleichzeitig las sich ihre Biografie wie das Who's who der Pariser Künstlerszene der 1920er-Jahre, also eine Biografie, die man mit 20 auf diversen Notizzetteln vermerkten Namen schließt.

Das Bedeutendste jedoch ist, dich, dein Werk während meiner Arbeit dort kennen und lieben gelernt zu haben. Deine Gedichte, die poetische Zäsur meines Leserinnen-Lebens.

Alle zwei, drei Tage kam Holger mit einer großen Einkaufstasche, seiner *gedankenschweren Stirn* und den *Augen voller Trauer* in das Antiquariat und guckte sich nach neu eingetroffenen Büchern im Philosophie- und Lyrikbereich um. Und nach mir. Seine Augen, diese Traurigkeit muss man da doch rauskriegen, hab ich mir gedacht und 3,50 Euro für den Celan-Liebesgedichte-Band verlangt. Jetzt wird es filmreif, Mascha, denn angesprochen habe ich ihn, als er einen Gedichtband von dir gekauft hat. Es gibt vom Insel-Verlag eine Reihe, in der sie einzelne Bände mit Liebesgedichten von Lyriker*innen herausgeben. Deine wurden dort auch verlegt. Diesen Band also kaufte er, und nicht allzu lange davor hatte ich mich gerade in dich verliebt, das sollte er erfahren. «Maschas Gedichte klingen laut am besten, man muss sie hören, um sie ganz zu fühlen, wenn du magst, les ich sie dir vor. Alle. Feierabend habe ich immer um 18:30.» In seinen traurigen Augen blitzte etwas auf, ha! «18:30, okay.»

Mit einer Flasche Rotwein (bah, aber muss ja) und dem schmalen weißen Insel-Gedichtband in den Händen wartete er – seine langen, dünnen Beine wippend – vor dem Antiquariat auf mich. Und so begann, was nicht lange währen sollte.

«Aus uns wird Alltag, ALLE TAGE nämlich, das wird aus uns, hast du gehört, Elisa?»

Sechs Monate nach dieser Eröffnung drückte er meine Anrufe weg, stellte seine Klingel aus, ließ meine Mailadresse sperren, drückte meinem Mitbewohner meine bei ihm gebliebenen Klamotten in die Hand und bat darum, nie wieder von mir zu hören. Mich hätte er sich anders gedacht. Statt ihm seine Sorgen, seine Traurigkeit, seine Gebrechen zu nehmen, hatte ich ihm seine Illusion geraubt. Ich hatte versagt. Lieben: Sechs.

Ich versuchte es mit Telepathie. Telepathie, um ihm mein Pathos zukommen zu lassen, mein Pathos, welches er nicht mehr wollte. Holger war unerreichbar geworden. Wenn ich meine Hände fortan nicht mehr nutzen konnte, um ihm über den Rücken zu streicheln oder seinen Schwanz in meiner linken Hand größer werden zu lassen, dann brauchte ich sie gar nicht mehr. Also nahm ich das erste Mal statt der olivfarbenen Gillette-Rasierer ein Messer und schnitt mir den rechten Unterarm auf. Und dann den linken. Anfängerin, Poserin. Holger wusste, wie es richtig geht, zielführend, wenn denn das Ende das Ziel sein sollte. Immerhin blutete es für eine Poserin ganz schön stark, wenn auch nicht ganz so stark wie der Wasserfall im Viktoriapark, dem wir in den ersten drei Monaten unserer Täuschung mehrmals wöchentlich händchenhaltend einen Besuch abstatteten.

Mascha, Holger und du, ihr habt eine Gemeinsamkeit: Ich stand an euren Gräbern.

AUF EINEN CAFÉ-TISCH GEKRITZELT ...

Ich bin das lange Warten nicht gewohnt,
Ich habe immer andre warten lassen.
Nun hock ich zwischen leeren Kaffeetassen
Und frage mich, ob sich dies alles lohnt.

Es ist so anders als in früheren Tagen.
Wir spüren beide stumm: das ist der Rest.
Frag doch nicht so. – Es lässt sich vieles sagen,
Was sich im Grunde doch nicht sagen läßt.

Halbeins. So spät! Die Gäste sind zu zählen.
Ich packe meinen Optimismus ein.
In dieser Stadt mit vier Millionen Seelen
Scheint eine Seele ziemlich rar zu sein.

Mascha! Ich liebe die letzten zwei Zeilen! Du konntest mit Worten zaubern. Geliebt habe ich auch mal eine Stadt. Welche, ist nicht schwer zu erraten, was? Es ist die mit den vier Millionen Seelen und die deiner *paar leuchtenden Jahre*. Ein Glanz wollte ich dort werden und hatte *Das kunstseidene Mädchen* noch nicht mal gelesen, weil meine Lektüre, bevor ich anfing, im Antiquariat zu arbeiten, noch viel zu männerlastig war. Ein Glanz kann man nur in der *Vier-Millionen-Seelen-Stadt* Berlin werden, ist doch klar. Glanzvoll war es nicht. Leider. Eher: ganz viel Angst, ganz viele Tränen, ein Baby, das nie geboren wurde, drei Lieben, die keine waren, und eine Freundin, die keine mehr ist und der ich noch so viel sagen möchte, mit der ich noch so viel lachen möchte. Die vermisse ich. Zehn Jahre vermisse ich die schon.

Sie wollte mich nicht mehr. Ich war ihr zu viel. Meine Tränen, aber auch mein Lachen, meine Bedürftigkeit, ebenso wie meine Verlässlichkeit, mein Immer-Präsent-Sein und das Gleiche von ihr zu fordern, das alles war ihr zu viel. Und ich verstehe sie, bin mir doch selbst oft zu viel. Wir haben Geheimnisse ausgetauscht wie andere Rezepte, die dunklen und die peinlichen, und manchmal haben wir auch wirklich nur Rezepte getauscht, so war das mit uns. Mit Judith und mir. Jetzt muss ich weinen. Nach der ganzen Zeit noch, Liebeskummer in Freundschaften wird unterschätzt. Der romantische vergeht eines Tages. Immer. Die Wunde über die fehlende Mutter, den fehlenden Vater, die Freundin, die keine mehr ist, diese Wunde bleibt. Jeden *blassen Tag* färbte Judith etwas bunter. So gesehen war sie Malerin, eine Tagesmalerin.

«Elisa, ich kann das nicht mehr, dein ständiges Fühlen, diese Achterbahn. Ich fühle mich selbst kaum noch. Kann nicht mehr unterscheiden zwischen deiner und meiner Traurigkeit, deiner und meiner Fröhlichkeit, deiner und meiner Angst. Nach einem ganzen mit dir verbrachten Tag brauche ich Pause. Gleichzeitig fehlst du mir bereits nach einem halben Tag. Ich weiß doch auch nicht. Weiß, dass ich dich liebe. Weiß, dass es nicht mehr geht.» Sie wusste also doch. Wie bei meiner Mutter frage ich mich auch bei Judith: Wie sieht sie wohl heute aus? Hat sie noch manchmal halbe Tage, an denen sie mich vermisst? Hat sie ein Kind? Zwei? Drei? Vier? Eine Beziehung? Ist sie ausgewandert? Mit wem tauscht sie jetzt Geheimnisse?

Über dich haben wir auch gesprochen. Dich einander vorgelesen. Bekannt gemacht hab ich sie mit dir «Mascha – Judith – Judith – Mascha». Wenn ich dein größter Fan bin, so machte sie mir Konkurrenz. Judith ist eine *rare Seele*, gefunden haben wir einander dennoch. Sogar unter *vier Millionen*. Was ich am meisten an ihr liebte, an ihr liebe, ist ihre Begier. Auf das Leben, auf Wissen, auf Geheimnisse, auf alles Neue. Schade, dass ich nicht immer neu blieb.

Ich hätte die Zeit in der großen Stadt anders nutzen sollen. Was genau, frage ich mich gerade, habe ich dort eigentlich gemacht?

Das ist alles so lange her, hätte ich das mal notiert und nicht immer nur geraucht und Panikattacken in der U-Bahn gehabt. In der großen Stadt bleibt die U-Bahn manchmal einfach minutenlang im Tunnel stehen. Niemand weiß, warum. Sie steht da so und während sie pausiert, fährt mein Kreislauf hoch. Mein Herz beginnt ganz schnell zu schlagen, ich schwitze und meine Beine zittern, weil ich denke, wenn ich die ebenso schnell bewege, wie mein Herz schlägt, fällt mir das rasende Herz weniger auf. Jetzt wüsste ich wirklich gerne, blieb sie 1930 auch schon im Tunnel stehen? Wenn ja, war dir das egal oder galoppierte dein Herz dann auch davon?

Die große Stadt und die Liebe passen deshalb so gut zusammen, weil beide viel versprechen und meist wenig halten. Trotzdem probieren alle es immer wieder. Für so viele gibt es einfach nur die große Stadt als Option, an einem Ort zu leben, der ihnen erlaubt, sie selbst zu sein. Na ja, gab, weil jetzt kann sich's niemand mehr leisten, da zu wohnen. Mietverträge von 1993 sind so rar und kostbar wie ein stetes Herz. Eine ganze Zeit lang war die große Stadt mein Reetdachhaus, nur hatte ich dort so viel Angst wie sonst nur in großen kalten Häusern. Damit hatte ich nicht gerechnet.

Die große Stadt, von der ich in der verhassten Stadt geträumt hatte, diese große Stadt existiert gar nicht mehr. Besetzte Häuser wurden geräumt, Mieten stiegen in kürzester Zeit so rapide an wie mein Herzschlag in den U-Bahn-Tunneln, und an Weihnachten fuhren alle zurück in die Reihenhäuser ihrer Eltern. Zu den Eltern, die ihnen ihr grenzenloses Leben in der großen Stadt finanzieren, während sie ihre angebliche Armut kultivieren. Wieder mal fühlte ich mich nicht zugehörig. Aber klar, Leute mit meiner Biografie landen meist nicht in Studierenden-WGs. Vor allem nicht innerhalb des Rings, am Rande der Stadt oder gleich wegen Freiheitsersatzstrafen im Knast, da sind die ja normalerweise zu finden.

Mein Zimmer sah genauso aus, wie man sich Zimmer in der großen Stadt vorstellt. Es war fünfundzwanzig

Quadratmeter größer als das Zimmer im großen kalten Haus. Ja, ganz richtig, 30 qm war es groß! Stuck! Dielenboden! Eine ganze Wand voller Doppelfenster. Viel zu putzen, hübsch anzusehen. An meinem ersten Abend in der großen Stadt hab ich den Gehweg in Kreuzberg geküsst. Schließlich war ich dort für große Gesten hingezogen, konnte ich gleich mit anfangen. Ich hatte es wirklich getan, alle meine Sachen waren in Berlin! Berlin! Unglaublich. War aber der falsche Kreuzberger Boden. Bergmannstraße, wer will die gentrifizierte Meile schon küssen? Anscheinend ich vor vielen Jahren.

Und dann ging es auch wieder schnell mit der Liebe und dem Irrtum.

Beim Vorstellungsgespräch in der Sechser-WG war ich richtig aufgeregt, die Wohnung war zwar – wieder mal – total versifft, und das war ich mit 22 nicht mehr, aber die fünf Mitbewohner*innen waren Freaks. Und zu Freaks fühle ich mich hingezogen, schon immer, unter denen fühle ich mich normal(er). So eine große, versiffte WG voller Freaks bietet sich natürlich an für Partys, und bei einer unserer Partys lernte ich dann Finn kennen. Nachdem ich ihn den gesamten Abend umgarnt hatte, meinte mein Mitbewohner zu ihm: «Na, du wirst wohl heute hier schlafen.» Er lag richtig und Finn kurz darauf in meinem Bett. Aus dieser einen Nacht wurden eineinhalb Jahre, an die ich nicht so gerne zurückdenke.

Weißt du, was Finn schon ganz am Anfang zu mir gesagt hat? «Eigentlich finde ich alles an dir schön, aber deine unteren Zähne sind schief, das gefällt mir nicht.» Habe ich mir natürlich bieten lassen. Seitdem gucke ich oft auf meine untere Zahnreihe, und er hatte recht, nur vorher ist mir das nie aufgefallen, gab aber noch viel schlimmere Sätze, dagegen ist das mit der Zahnreihe beinah charmant. Dabei hätte es wahrlich keinen Finn gebraucht, um meine Unzulänglichkeiten (zu denen eine schiefe Zahnreihe nicht gehört!!) vor Augen geführt zu bekommen. Das kann ich alleine gut genug. Im Laufe der Jahre habe ich das perfektioniert, ich stelle aber fest, Mascha, je älter ich werde, desto schlechter werde ich darin.

«Willst du dir nicht mal die Haare glätten? Das ist immer so chaotisch mit deinen Locken, und überhaupt, ein wenig Make-up fände ich schön.» Natürlich, Finn, wenn du das wünschst. Auch verbot Finn mir, in einem Film mitzuspielen. Der Film enthielt Sexszenen, war so Arthauskram, also das, wovon ich mit Anfang 20 immer geträumt hatte. Nur drohte Finn, er mache Schluss, wenn ich da mitspiele. So wie ich vor dem Eingangstor des großen kalten Hauses Nein zu meinem Papa sagen musste, um die Liebe meiner Mutter oder das, was davon mit Glück noch übrig war, zu behalten, so sagte ich diesmal Nein zu meinem Traum vom Arthaus, um Finns Liebe oder das, was ich dafür hielt, zu behalten.

An Finn habe ich schon länger nicht mehr gedacht. Aber jetzt, hier beim Lebenresümieren, kann ich auch das Schambehaftete wieder hervorkramen. Für das Ende mit Finn schäme ich mich nämlich. Es scheint eine stillschweigende Übereinkunft zu sein, Beziehungen nicht am Telefon zu beenden. Die Beziehung zu Finn habe ich per SMS beendet und ihm sogar die Möglichkeit auf ein abschließendes Gespräch genommen, indem ich ihn blockierte. Fair war es nicht, aber die Liebe ist kein Fußballspiel. Ich musste nicht fair sein und hätte es auch nicht geschafft nach allem, was noch geschehen sollte zwischen Finn und mir.

AN MEIN KIND

Dir will ich meines Liebsten Augen geben
Und seiner Seele flammenreines Glühn.
Ein Träumer wirst du sein und dennoch kühn
Verschloßne Tore aus den Angeln heben.

Wirst ausziehn, das gelobte Glück zu schmieden.
Dein Weg sei frei. Denn aller Weisheit Schluß
Bleibt doch zuletzt, daß jedermann hienieden
All seine Fehler selbst begehen muß.

Ich kann vor keinem Abgrund dich bewahren,
Hoch in die Wolken hängte Gott den Kranz.
Nur eines nimm von dem, was ich erfahren:
Wer du auch seist, nur eines – sei es ganz!

Du bist, vergiß das nicht, von jenem Baume,
Der ewig zweigte und nie Wurzel schlug.
Der Freiheit Fackel leuchtet uns im Traume –
Bewahr den Tropfen Öl im alten Krug.

Du riesiges Talent, ich will mir deine Gedichte einverleiben. Eine gute Stube richte ich ihnen in meinem Herzen ein. Wenn ich dich so lese, denk ich mir häufig, gut, dass sie nicht geplatzt ist vor Liebe. Die Gefahr war real. So lieben können. So geliebt werden.

Bei dem Gedicht muss ich jedes Mal an einen Satz von Finn denken. Einen jener Sätze, die bleiben. Für deren Erinnerung es Radiergummis geben müsste oder Löschpapier, Tipp-Ex, Hauptsache, weg mit denen.

Wir alle haben solche Sätze zu hören bekommen, die wir nie vergessen werden. Als wäre ihnen Unterschlupf in einem kaum genutzten Hirnareal gewährt worden, und an besonders schlechten Tagen, da machen sie auf sich aufmerksam. Genau dann, wenn wir sie am allerwenigsten gebrauchen können. Welchen Sätzen musstest du ungewollt Unterschlupf gewähren, Mascha?

Worte kann man leider nicht radieren, und deshalb wohl ploppt ein Satz immer wieder in meinem Kopf auf, wenn ich *An mein Kind* lese. Er lautet: *Wie fühlt man sich als Mörderin des besten Kindes, das diese Welt nie erblicken durfte, sag, wie fühlt man sich, als MÖRDERIN!* Dieser Satz hält doppelt, weil den hat Finn mir geschrieben, und geschrieben wiegt schwerer als nur gesprochen. Eine ungeschminkte Mörderin mit schiefer unterer Zahnreihe bin ich also für jemanden, der mal behauptete, mich zu lieben. Mascha, du kannst dir denken, was jetzt kommt, oder? Ja. Vor vielen Jahren habe auch ich mal einen Brief *An mein Kind* verfasst:

Vor zwei Wochen hab ich dich das erste Mal gesehen. Vor zwei Stunden hab ich dich das letzte Mal gesehen. Vor zwei Wochen warst du ein kleiner Punkt, nicht mal einen Millimeter groß. Vor zwei Stunden warst du ein golfballgroßer Klumpen in meiner Toilette. Vor zwei Wochen schlugen dir drei Herzen, dein eigenes, meins und das von Finn, der dein Vater geworden wäre. Seit zwei Stunden schlagen dir nur noch zwei Herzen. Denn, das sollst du wissen, wir haben dich jetzt schon geliebt. Vor zwei Wochen bin ich mit einem Ultraschall-Foto von dir spazieren gegangen. Stolz, als schöbe ich dich bereits im Kinderwagen vor mir her. Ein paar Straßenzüge lang war ich überzeugt davon, dir alles geben zu können. Dir die Mutter zu sein, die meine eigene mir nur ein paar Jahre sein konnte und die ich dir für immer sein wollte. Auf jeden Fall bis meine Hände so schrumpelig sein würden, wie dein Köpfchen es nach deiner Ankunft auf der Welt gewesen wäre. Auch sollst du wissen, dass wir dich Lottchen nennen wollten. Nicht Charlotte oder Karlotte, einfach Lottchen. Für uns warst du ein Mädchen. Sogar gesprochen hab ich schon mit dir, aber das wirst du ja wissen, «Lottchen, Lottchen, jetzt nicht erschrecken, ich lege mich in die heiße Wanne.» «Lottchen, schläfst du schon? Ich kann nicht einschlafen, weil ich überlege, hättest du lieber ein Glühwürmchen oder einen Hund als erstes Kuscheltier?»

Finn und ich, wir streiten uns täglich. Mehrmals. Laut. Vor heißem Badewasser konnte ich dich warnen, vor unserer Wut nicht. Was wir an Gefühlen zu viel haben, haben wir an Geld zu wenig. Wir haben mehr Träume als konkrete Ziele, und an manchen Tagen schaffen wir es nicht mal, das Bett zu verlassen, weil die Welt zu viel für uns ist. An ganz schlimmen Tagen, da schneide ich mir sogar die Arme auf und manchmal auch die Oberschenkel. Nicht, solange du in mir gewohnt hast, Lottchen. Aber immer noch zu oft. Und wenn man das alles bedenkt, dann war das Beste, was ich für dich tun konnte, die Entscheidung zu treffen, dass du diese Welt niemals kennenlernen wirst und, der wahrscheinlich größere Verlust: die Welt niemals dich.

Finn war übrigens nicht dabei, Mascha. Nicht bei der Einnahme der ersten Tablette, die für einen Abbruch der Schwangerschaft sorgen sollte. Nicht, als ich diese Tablette auf dem Rückweg von der Praxis auf die Sonnenallee kotzte. Nicht, als ich mich schreiend, mit wehenartigen Schmerzen, auf dem verdreckten Badezimmerboden meiner geliebten Freak-WG zusammenkrümmte. Nicht, als der Gynäkologe meinte, es habe nicht geklappt, die Tablette scheine nicht in voller Gänze gewirkt zu haben. Die Schwangerschaft sei noch nicht beendet. Nicht, als ich die Abtreibung dann abbrechen wollte und der Gynäkologe mir entgegnete, dass der Embryo so aber nicht lebensfähig sei. Nicht, als der Gynäkologe entnervt und wütend von mir forderte, mich nun endlich mal zusammenzureißen. Nicht, als ich die erste Tablette ein zweites Mal nehmen musste. Nicht, als ich die Tablette einnahm, die für den Abgang sorgen sollte. Nicht, als diese schlussendlich wirkte und ich in der Kloschüssel einen golfballgroßen Klumpen Blut erblickte.

Nicht, als ich so viel Blut verlor, dass ich mit Handtüchern auf dem Rücksitz des Taxis ins Krankenhaus gefahren wurde. Nicht, als ich mich danach tagelang nicht bewegen durfte. Nicht, als ich mich von dem Kind, das keines wurde, verabschiedete.

Finn war nicht dabei.

Ich fand das okay, Mascha. Weil ich dachte mir so, ich wollte ja schließlich die Abtreibung. Finn dagegen wollte das Kind. Wenn ich mich so entscheide, dann kann ich doch von dem armen, meiner Entscheidung ausgelieferten Finn nicht verlangen, mich dabei zu unterstützen.

Aber Mörderin wollte ich trotzdem nicht genannt werden, wer will das schon?

15 Jahre alt wäre mein Lottchen jetzt. Älter als ich es war, als der Junge mit den Augen in mein Leben trat. Vier Jahre älter sogar als ich es war, als meine Mutter und ich den Parkplatz der Jugendhilfeeinrichtung betraten. Und so alt wie meine Mutter war, als – ich schäme mich.

Fast wären sie also Großeltern geworden. Meine Mutter. Und mein Papa.

Über Abtreibungen hat man in deiner Zeit ja nicht gesprochen. Darüber wurde geschwiegen. Für den Abbruch in Lebensgefahr begeben, geschwiegen, weitergemacht. Dein *schönstes Gedicht schriebst du ja nicht, du schwiegst es.* Das kann vieles heißen. Aber eigentlich möchte ich nur Gemeinsamkeiten ausmachen, die mich dir noch näher fühlen lassen. Das war jetzt schon weit hergeholt. Oder auch nicht.

Einen roten Nicki-Strampler hatte ich gekauft und vorgelesen habe ich ihm. Dem Kind, das nicht geboren wurde. *Gute Nacht, lieber Mond* oder so heißt das Buch, das hatte ich noch aus geborgenen Zeiten herübergerettet. Zu Beginn, da war es ja absolut nicht klar, dass das Kind, der Embryo, was auch immer da richtig ist, sich niemals außerhalb meiner Gebärmutter aufhalten würde. Niemals an meinen – bereits nach ein paar Wochen Schwangerschaft angeschwollenen – Brüsten saugen würde. Im Gegenteil. Nachdem der Test zwei Streifen vorzuweisen hatte, rauchte ich – erstaunt, unruhig, glücklich, vorfreudig, ungläubig – eine nach der nächsten. Kaum ausgedrückt, wurde bereits neuer Tabak aufs Blättchen gelegt. Abends sollte damit Schluss sein. Ab jetzt entschied ich für zwei. Wenn ich mich kaputtrauchen wollte, meine Entscheidung. Aber das Kind hatte ein Recht auf Gesundheit, zumindest, soweit ich es beeinflussen konnte. Wir hatten nicht verhütet, das Spermium hatte sich seinen Weg gebahnt, mein Ei hatte es begrüßt, nun würde ein neuer Mensch entstehen. Die Straße überquerte ich nur noch bei Grün, links gucken, rechts gucken, links gucken, Straße überqueren. Das Fahrrad blieb abgesperrt im Hof stehen. Alkohol kannte ich nicht mehr. Kaffee nur noch in geringen Mengen. So verantwortungsbewusst. Und so kaputt. Die Euphorie der ersten Tage, ausgelöst durch die Verblüffung, dass mein Körper einen neuen Menschen erschaffen konnte, wich der Erkenntnis, dass ich nichts vorzuweisen hatte. Im Gegenteil. Was hatte ich denn je zustande gebracht? Nicht nur konnte ich es vor *keinem Abgrund bewahren,* nein, dieses Kind würde ebenso verunsichert, verängstigt und wütend durch die Welt wandeln wie ich. Und weil ich schon immer die Männer anzog, die selbst bedürftig waren, war Finn ebenso auf der Suche, nach sich, nach einem Halt, einem Zuhause. Es war richtig. Finn und ich, wir hätten das nicht schaffen können.

Tschüss, mein Lottchen, die nie *Wurzeln schlagen* durfte.

MEMENTO

Vor meinem eignen Tod ist mir nicht bang,
Nur vor dem Tode derer, die mir nah sind.
Wie soll ich leben, wenn sie nicht mehr da sind?

Allein im Nebel tast ich todentlang
Und laß mich willig in das Dunkel treiben.
Das Gehen schmerzt nicht halb so wie das Bleiben.

Der weiß es wohl, dem gleiches widerfuhr;
– Und die es trugen, mögen mir vergeben.
Bedenkt: den eignen Tod, den stirbt man nur,
Doch mit dem Tod der andern muß man leben.

Das muss man wohl, die Alternative zwänge wieder andere, mit dem eigenen Tod zu leben. Ein Trauerkreislauf.

Seit bald eineinhalb Jahren muss ich mit dem Tod meines Papas leben. Vor 18 Monaten war er noch lebendig. Jetzt liegt seine Asche im Friedwald meiner kleinen geliebten Stadt – nahe des Reetdachhauses – unter einem Ahornbaum. 100 Meter von der Steilküste entfernt. Sowas Schönes sah ich selten. Das hätte ihm gefallen, wenn schon tot, dann hier. Diesen Ort auszuwählen, war mein letztes Geschenk an ihn. Mehr kann man am Ende ja nicht mehr tun für die, die man liebt.

Papa. Papa. Papa. Ich sage und schreibe das Wort so gerne, es klingt wie eine Schutzhülle. Es schenkt mir Sicherheit und Geborgenheit, in traurigen, verzweifelten und ängstlichen Stunden. Der war so eine Marke, ne richtige Type! Sowas lieb ich ja, selbst wenn es nicht mein Papa ist. Ich hasse es, über ihn im Präteritum sprechen zu müssen. Das sollte verboten sein. Über manche Menschen sollte man immer nur im Präsens sprechen können, so ein Mensch war der.

Ich konnte nicht fragen «Ist er tot?», das ist so viel brutaler und so viel wahrer als «Ist er gestorben?».

Mir war klar, was mein Onkel mir mitteilen wollte, und ich wollte es nicht hören. An einem Nachmittag im November, eineinhalb Stunden vor Sonnenuntergang, ich weiß die Uhrzeit sogar genau, es war 14:30, klingelte mein Telefon, Olaf Mobil ruft an: «Ja?» «Ja, bist du zu Hause?» «Ja.» «Ist Nick bei dir?» «Ja. Ist er gestorben?» «Ja.» Ich dachte, man bricht zusammen bei so einer Nachricht, aber wie genau sieht zusammenbrechen aus? Kauert man sich auf den Boden? Fällt man hin? Kippt man um? Schreit man sich Sterne vor die Augen? Weißt du es, Mascha? Im Film *La vie en Rose,* der die tragische Lebensgeschichte der französischen Chansonsängerin Edith Piaf nacherzählt, habe ich mal einen Zusammenbruch gesehen, sie schrie so bitterlich, kauerte sich zusammen, schrie und schrie, als würde sie erst aufhören, wenn ihre Stimmbänder rissen. Zusammengebrochen war sie, weil sie eben erfahren hatte, von nun an mit dem Tod ihrer großen Liebe leben zu müssen. Diese Szene hat sich mir eingeprägt, so ist es, wenn die Welt einstürzt. *I want the world to stop* singt Belle and Sebastian, eine Band meiner Zeit, und zweimal habe ich das gefühlt, einmal als mein *Einer,* mein Ehemann Nick, seine alles verändernde und erschütternde Diagnose erhielt, und dann an jenem Nachmittag im November um 14:30. Haltet die Welt an, der, der immer war, ist nicht mehr!

Fast 24 Stunden lag er noch alleine in seinem immer zu kalten Häuschen, zwischen Bett und Sofa, mein Papa. Einen Winterabend, die Flasche Rotwein wurde nicht mehr geöffnet, das Gebiss nicht mehr zur Seite gelegt, die Decke nicht mehr unters Kinn gezogen. Eine ganze Nacht, einen ganzen Wintermorgen, und dann endlich brachen sie die Tür auf und waren bei ihm. Nur er war nicht mehr da. War nur noch Hülle. Friedlich habe er ausgesehen, der Mund zu, die Augen geöffnet.

Viel zu jung musste mein Papa diese Welt verlassen. Viel ist übertrieben, er war ja nicht 19 oder so. Aber zu jung dennoch. Die durchschnittliche Lebenserwartung liegt bei fast 80. Die 15 Jahre hätte er doch noch mitnehmen können.

Weißt du, Mascha, vielleicht wird sich kein Mensch jemals mehr so an den alltäglichen Dingen des Lebens erfreuen können, wie mein Papa es konnte. Jeder Sonnenuntergang sah in seinen Augen aus wie sein erster, auch wenn er schon zig miterlebt, gesehen, fotografiert hatte. Was konnte der Typ strahlen. Vielleicht wird sich niemand je wieder so für mich freuen, wie mein Papa es konnte. Vielleicht wird niemals jemand wieder so stolz auf mich sein, wie mein Papa es war. Ich hatte einen guten Satz geschrieben? Nobelpreis. Mein Essen schmeckte gut? Michelin-Stern. Ich hatte eine gute Note erhalten? Einstein. Könnte ich mich doch einmal durch seine Augen sehen. Könnte ich doch wenigstens noch einmal in seine Augen sehen.

Als die Schaffnerin eben nach meiner Fahrkarte verlangte, konnte ich sie nicht finden, weil ich auf meinem Bildschirm nichts erkennen konnte wegen der ganzen Tränen.

Einmal hab ich bei einem meiner täglichen Spaziergänge ein kleines Kind im Schneeanzug an der Hand seines Vaters watscheln sehen. Dabei hab ich gedacht, in 30, 40 Jahren watschelt dieses Kind wieder auf unsicheren Beinen, aber diesmal zum Grab des Vaters. Wenn ich als Kind hingefallen bin, war mein Papa sofort im Alarmmodus. Als mein Papa das letzte Mal hingefallen ist, war auch ich im Alarmmodus. Aber da war schon alles zu spät. Ich hätte so gerne seine Hand gehalten, als er diese Welt verlassen hat. Und als er dann Tage leblos in einer Kühlkammer verbringen musste. Ganz allein, mein großer, kleiner Papa. Das Leben hat mich gewappnet für ein Leben ohne ihn. Allein, ich will es nicht. Ich will ihn anrufen können, und er soll sich erschrecken, wenn ich hinfalle, um mich dann aufzufangen. Bei wem darf ich jetzt nochmal wieder fünf Jahre alt sein?

Ich frage mich, ob mein Papa zufrieden gewesen ist mit seinem mittellangen Leben. Ich frage mich generell, wie viele leuchtende Jahre meine Eltern hatten. Nicht gemeinsam, darum geht's nicht. Da würde ich kein Leuchten finden. Jeder für sich. Ich möchte jeden Ort aufsuchen, an dem sie geleuchtet haben, und jeden Menschen sprechen, der sie zum Leuchten gebracht hat. Bei meinem Papa sind es der kleine Kiosk, ich, die Liebe (immer nur kurz) und Zigaretten (hätte ich sie ihm doch gelassen). Bei ihr weiß ich es nicht. Ich bin es nicht. Die Liebe schon, aber die ist ja verschollen. Wieder eine verschwundene Liebe. Ich glaube, das Gefühl eines Zuhauses bringt sie zum Leuchten. Endlich eine Gemeinsamkeit!

Mein Papa hatte ganz funkelnde Augen. Über meinem Schreibtisch hängt ein Bild von uns beiden. Ich im Hochzeitskleid und der alte Hippie strahlend daneben. Dabei fand er Hochzeiten überflüssig, bürgerlicher Kackmist, aber auf meiner hat er dann eben doch gestrahlt, von Hamburg bis Rhodos hat der gestrahlt. Unseren fünften Hochzeitstag hat er noch erleben dürfen, zwei Monate später war er nicht mehr auf dieser Welt. Unsere Hochzeitsparty fand er super, toll, ganz dolle, dauernd hat er wieder davon gesprochen. Wie gut er sich mit einem Mitbewohner der Freak-WG verstanden habe, «wie ein Bruder im Geiste, Elisa!», und überhaupt sei alles so ganz anders gewesen, als er sich Hochzeitsfeiern gedacht hätte. Richtig super, einfach spitze, resümierte er alle paar Monate aufs Neue. *Ich lasse meine Liebe doch nicht vertraglich regeln,* muss ich irgendwann mal zu ihm gesagt haben. Das fand er cool, dieser liebevolle Eigenbrötler, das hat er oft zitiert, am Ende war er aber einfach richtig froh und erleichtert, dass ich in Nick endlich ein Zuhause gefunden hatte, und wenn ich das unbedingt vertraglich absichern wollte, bitte, dann auch das.

Du hast deine Liebe sogar zweimal vertraglich regeln lassen. Waren andere Zeiten und das erste Mal nur Probetragen, oder? Ich bin ganz flitterig auf die Liebesgeschichten anderer Menschen. Ich weiß, ich weiß, das Wort existiert nicht. Doch gäbe es dieses Wort, so würde es bedeuten, neugierig und vorfreudig auf die Liebes- und Hochzeitsgeschichten anderer Leute zu sein.

Mein Papa war auch unglaublich neugierig, ihn interessierte so viel, aus meinem Leben, aus dem Leben meiner Freund*innen. Es hat ihn ehrlich interessiert, wenn es einer Freundin schlecht ging, hat er immer wieder nachgefragt, wie denn die Lage sei. Als Nick seine – unsere – Welt verändernde Diagnose bekam, haben wir täglich telefoniert. Wochenlang, jeden Tag. Da war er mir so ein Halt. Nicht die stärkste Schulter, aber immer präsent. Zumindest seit ich der Pubertät entwachsen war und wir einander nochmal neu kennenlernten.

Die ersten Tage nach seinem Tod wollte ich ihn dauernd anrufen. Schließlich habe ich das immer gemacht, wenn es mir schlecht ging, wenn etwas Schlimmes, etwas Schreckliches oder auch etwas ganz Wunderbares passiert war. Wüsste er von seinem Tod und meiner Traurigkeit, bin ich überzeugt, hätte er mich trösten wollen, das wäre schlimm für ihn, mich so traurig zu wissen und nicht für mich da sein, mich nicht mit einem seiner flotten Sprüche aufmuntern zu können.

Wir waren noch zusammen im Urlaub, drei Monate bevor sein Herz aufhörte zu schlagen. Das war anstrengend. Eineinhalb Jahre zuvor wurde er am Herzen operiert. Eigentlich wollten sie nur eine Herzklappe austauschen. Routine. Doch während der Operation bemerkten sie, ein Bypass ist vonnöten, und als hätte das nicht ausgereicht, erlitt er während der Operation auch noch einen Schlaganfall. Zwei Monate brauchte mein Papa, der mittlerweile nur noch Haut und Knochen war, um aus dem Koma wieder zu erwachen.

Noch mehr Monate brauchte mein Papa, um wieder nach Hause zu können, und der Alte, der wurde er niemals mehr. Aus dem oft sturen, eigensinnigen Künstler war ein verunsicherter, auf die Hilfe anderer angewiesener alternder Mann geworden. Einer, den ich beschützen wollte vor denen, die dachten *so kennen wir ihn ja gar nicht, was redet der da?* Ein Teil von ihm kam nicht wieder mit aus dem Krankenhaus zurück.

Sein Tod kam für mich trotzdem aus dem Nichts. Zehn Tage davor war er erst beim Herzcheck gewesen, alles gut, nicht das stärkste, aber von Lebensgefahr weit entfernt. Nun scheint mir, sein Herz war ein Schwindler, ein Betrüger, ein Lügner, zumindest ein Hochstapler. Entweder nämlich muss es das EKG belogen oder sich innerhalb von zehn Tagen dazu entschlossen haben, dass es nun lange genug Blut in den ausgezehrten Körper gepumpt hatte. Es war des Lebens müde und wollte schlafen, wer kann es ihm verdenken. Es konnte wohl einfach nicht mehr, dieses große Herz voller Liebe. Du, Mascha, musstest ja auch mit nicht mal 40 lernen, dass so ein Herz mehr ist als eine Metapher in Gedichten. Chemjos Herz machte Faxen, die Sorge darum war immer präsent. Und doch hat es noch 30 Jahre weitergeschlagen. Wie viel dieser Sorgen du dir hättest sparen können. Gab doch ohnehin genug davon.

Meines Papas Glück war, dass er sich immer schon irrsinnig an Kleinigkeiten erfreuen konnte, denn in seinen letzten eineinhalb Jahren musste er auf dieses Talent zurückgreifen, um nicht in Schwermut zu versinken. Leckeres Gulasch, ein guter Cappuccino, ein nettes Gespräch an der Supermarktkasse, sie war sehr übersichtlich geworden, seine Welt. Diesmal war nicht ich in Not, die Rollen hatten sich vertauscht. Er forderte das nicht ein, niemals. Aber natürlich wollte ich da sein für ihn, für meinen Strahle-Papa. Wollte seine Augen zum Leuchten bringen, und das hat auch oft geklappt.

Als er nach Herzklappe, Bypass, Schlaganfall, Koma vorschlug, im Sommer eine Woche zusammen in ein kleines Künstlerdorf an die Ostsee zu fahren, da hätte ich nicht Nein sagen können. Was bin ich jetzt froh über mein Ja, es war eines der wichtigsten Jas meines Lebens. Ein Geschenk, das ich mir gemacht habe, ohne seinen Wert auch nur zu erahnen.

Wir sind uns sehr ähnlich, oder muss ich sagen, waren uns sehr ähnlich? Wie drückt man es richtig aus, wenn der zum Vergleich Herangezogene nicht mehr ist?

Ich bin auch so eigen und unflexibel wie er, wenn er zum Beispiel exakt um eine bestimmte Uhrzeit seinen Espresso und die dazugehörende Zigarette brauchte. Oder wenn er nach dem Aufstehen eine Stunde lang nicht angesprochen werden durfte. Ein Wettrauchen gegen ihn wäre unentschieden ausgegangen, und Kaffee konnte ihm und kann mir immer ein Lächeln abringen.

Ich habe seine Augen, aber leider auch seine Nase. Verbergen ließe sich mein Tochtersein vor niemandem. Könnte ich dir ein Foto von ihm zeigen, du würdest offenen Mundes verkünden, wie frappierend unsere Ähnlichkeit doch ist.

In Krisenzeiten, so meine Erfahrung, bewahrheiten sich Kalendersprüche, ja, er lebt in mir weiter. Das stimmt einfach. Jeden Tag denke ich an ihn. Mit Tränen, mit Lachen, mit Sehnsucht, mit Augen verdrehen, aber jeden Tag denke ich an ihn. Diese Liebe ist es, die mich das Leben ohne ihn gut aushalten lässt.

Noch fast sechs Stunden, bis ich in mein Bett fallen kann. Ich bin so erschöpft vom Fühlen. Und dann macht weinen einen ja auch so müde, nicht wahr? Aber im Zug kann ich nicht schlafen, es ist so wuselig, und wenn ich doch kurz einnicke, schrecke ich hoch, sobald eine Durchsage ertönt. Jedes einzelne Mal, wenn lediglich mitgeteilt wird, dass wir gleich Karlsruhe erreichen oder außerplanmäßig halten oder auf einen vorbeifahrenden Zug warten müssen, schrecke ich auf. Mein Herz schlägt schneller, die Muskeln spannen sich an. Ich möchte stets vorbereitet sein, darauf, dass jederzeit alles passieren kann. Weil Sicherheit ist nur eine Illusion, das hat das Leben mir beigebracht.

GEBURTSTAG

Wenn ich so gegen fünf nach Hause fahre,
Gibt's Erdbeereis, Besuch und Radio-Tanz.
Spät abends erst mach ich für mich Bilanz
Und wünsch mich wieder in vergangne Jahre.

Ich möchte wieder in der Tertia sitzen
Und schwänzen, wenn die Günther Englisch gibt.
Ich möchte nochmal in die Haustür ritzen:
«In Werner Birken bin ich toll verliebt!!!»

Ich möcht so gern nochmal Theater spielen,
Möcht heulen, wenn Luise Miller stirbt,
Des Nachts vorm Spiegel wie die Baker schielen,
... Obgleich das den Charakter sehr verdirbt.

Möcht wieder mal auf Äppelkähnen krauchen,
Den Riesenwalfisch Untern Linden sehn,
Und hustend erste Zigaretten rauchen,
In einen Film für «über achtzehn» gehn.

Ich möcht nochmal – zum allerersten Mal –
Ganz still für mich den Pan von Hamsun lesen,
An Menschen glauben, die das Ideal
Der halbverträumten vierzehn Jahr gewesen.

Nun bin ich groß. Mir blüht kein Märchenbuch.
Ich muß schon oft «Sie» zu mir selber sagen.
Nur manchmal noch, in jenen stillen Tagen,
Kommt meine Kindheit heimlich zu Besuch ...

Manchmal, wenn ich nicht einschlafen kann, besuche ich meine Kindheit. Dann besuche ich den Ort, den ich die Geborgenheit der frühen Jahre nenne. Die gab es nämlich auch. Es gab Wärmflaschen, die meine Oma mir jeden Abend ins Bett legte, wenn ich zu Besuch war. Es gab Überraschungen, die meine Mutter mir von ihrem bisschen Geld eine Zeit lang beinah täglich auf den Schreibtisch meines Kinderzimmers legte. Es gab Komplimente und Zuspruch und offene Arme und was ich nicht alles könne und was nicht alles aus mir werden würde.

Es gab sonnige Tage auf dem Balkon und Freund*innen, die zum Übernachten kamen. Es gab Schüsseln voller Süßigkeiten. Es gab einen Kofferraum voller Capri-Sonne. Es gab Ausflüge in Freizeitparks, es gab die roten Lackschuhe, es gab kuscheln in Omas Armen. Es gab bei Alpträumen einen Platz im Bett für mich. Es gab Liebe en masse, die hab ich mir damals in einen imaginären Rucksack gepackt und kann immer noch etwas herausnehmen, so viel Liebe war es, in der Zeit des *Du*.

Ich war neun Jahre alt, als die Zeit der Geborgenheit, warum auch immer, ein endgültiges Ende fand und ich zu frieren begann. Mascha, jetzt rate mal, wie alt meine Mutter war, als sie im großen kalten Haus abgegeben wurde. Ja, richtig, neun Jahre alt.

Romantische Liebe – das hatten wir ja schon – verschwindet ja tatsächlich oftmals einfach so. Schwups, aus, vorbei und statt «für immer» heißt es dann «wirf meinen Schlüssel bitte in den Briefkasten und schick meine restlichen Sachen per Post». Aber Elternliebe, kann die auch einfach so verschwinden? Elternliebe hat etwas Mystisches. Eine Liebe, die – anders als in der romantischen Liebe – keine Gegenleistung erwartet. Eine Liebe, die beginnt, wenn ein neuer Mensch ins Leben tritt, und nie wieder endet. Eine Liebe wie eine Festung. So der Idealfall. Bei mir war es nicht ideal. Und bei Errichtung der Festung wurde wohl an Lehm gespart. Nur, das Verschwinden der Liebe löscht die mal dagewesene Liebe ja nicht aus. Das wäre es ja noch. Wie lieblos wäre dann die Welt?

Hutzelhaus ist ja wohl eins der besten Wörter des Universums. Na ja, vielleicht nicht eins der besten, aber schon sehr besonders! Wie gut, dass ich mal in einem Haus mit einem der besten Namen des Universums gewohnt habe. Hutzel klingt so mini, daumennagelgroß. Es war wirklich sehr klein. Zweistöckig. Erdgeschoss, 1. Stock. Im 1. Stock drei Wohnungen, und in einer haben wir gelebt. Die Straße runter gings zum Hafen. Kehrwiederstraße, das klingt alles wie aus einem Bilderbuch. Ich schwöre dir, Mascha, es ist wahr. Kein Haus höher als zwei Stockwerke und alle Häuser ganz alt und Rosenstöcke und natürlich Kopfsteinpflaster und eine kleine Bank. Eine kleine Bank darf in keiner kleinen Straße fehlen. Klein war auch ich, als wir dort gelebt haben. Meine Mutter und ich. Ich komme manchmal nicht hinterher, wo ich mich schon überall schlafen gelegt habe.

Das Hutzelhaus auf jeden Fall, das steht auch in einer kleinen Stadt. Versteht sich von selbst. Es steht in meiner kleinen geliebten Stadt, unweit des Reetdachhauses und des Ahornbaums, unter dem mein Papa – hoffentlich – seine Seligkeit gefunden hat. Nicht selten fahre ich in diese kleine Stadt, flaniere die Kehrwiederstraße rauf und runter, setze mich auf die kleine Bank, grinse vor mich hin und fühle mich wohl, sicher und geborgen. Manchmal mit Kaffee, manchmal ohne, manchmal mit Nick, manchmal mit einer Freundin, manchmal alleine. Wenn die Straße schon Kehrwieder heißt, wer bin ich denn, das nicht beim Wort zu nehmen? Ich kehre wieder, meine Kindheit zu besuchen. Den sicheren Teil, die Zeit, als es an der Liebe keinen Zweifel gab, die Liebe noch Festung war und meine Mutter hundert Schutzschilde vor sich hertrug, dass mir ja niemand zu nahekomme. Du, Mascha, hast so eine riesige Mutterliebe nicht kennengelernt. Klar, waren andere Zeiten, dies das, aber lieben ist 1320 ebenso möglich wie 1907 und 1984. Eine weitere Frage, die mich umtreibt, ist, ob es schlimmer ist, diese Liebe nicht zu kennen oder sie entrissen zu bekommen. Ich glaube Ersteres. An beidem knabbert man ein Leben lang. So viel ist sicher.

Meine Mutter wollte ursprünglich bestimmt alles anders machen als ihre Mutter. Du kriegst doch kein Kind, badest es in Liebe, cremst es mit Geborgenheit ein, kleidest es mit Komplimenten, um es dann in einem großen Haus abzugeben, in dem immer Winter ist. Das will doch niemand. Und jemand wie sie, der selbst seine gesamte Kindheit frieren musste, kann das doch erst recht nicht wollen. Also ist wohl etwas passiert. Ist viel passiert. Selten gibt es einen einzigen Auslöser, meist sind es viele kleine und mittlere, und dann explodiert man, und die Liebe zerfällt in Einzelteile. Denn einzelne Liebes-Partikel bekam ich weiterhin ab. Doch die reichten nicht aus, um die Geborgenheit der frühen Jahre wiederherzustellen.

Jetzt aber im Siez-Alter, da kann ich das. Da lieg ich im Bett und spüre die Wärmflasche meiner Oma auf dem Bauch, und erinnere mich daran, dass es Zeiten gab, in denen ich wusste, neben meiner Mama ist ein Platz für mich, sollte ich nicht schlafen können, weil die Angst mal wieder übermächtig ist. Und weil ich das kann, spüre ich eine enorme Dankbarkeit. Auch meiner Mutter gegenüber. Denn obwohl ihre eigene Kindheit ein nie zu enden scheinender Winter war, brachte sie in mir so oft die Sonne zum Scheinen. Mich zu lieben, schien ihr *Trotzdem* zu sein. Was eine Gabe. Sie konnte mal so gut lieben. Wäre mein Lottchen damals in der großen Stadt geboren worden, wer weiß, ob ich das so gut hingekriegt hätte mit dem Lieben.

Meine Mutter hat keine Ahnung, dass ich das so sehe. Sie hat ja gar keine Ahnung von meinem Leben. Hat keine Ahnung von meinem Nick, meiner neuen Geborgenheit, meinen Freund*innen, mit denen auch sie viel zu kichern hätte. Meine Mama hatte Humor, das sag ich dir! Sie liebte es, mich reinzulegen, mich zu necken. «Guck mal, da drüben, ist das nicht der Schauspieler, in den du so verliebt bist, Elisa? Reingelegt!» Oder mich mit dem Lied *Hurra, hurra die Schule brennt* zu wecken, nur um dann festzustellen: «Deine aber nicht! Anziehen!» Meine Mutter hat keine Ahnung davon, dass ich meinen Kaffee am liebsten mit ganz viel Schaum trinke und grünen Tee hasse, sie hat keine Ahnung davon, dass und besonders was ich alles überlebt habe, aber vor allem hat sie keine Ahnung, was ich fühle, wenn ich an sie denke.

Mit zunehmendem Siez-Alter wird die Wut weniger und das Verständnis größer. Ob sie das je erfahren wird? Von mir nicht.

Irgendwann im Lebenslauf kommt die Zeit des Rollentauschs, die Zeit, in der Kinder sich um ihre Eltern kümmern. Ganz ohne Gegenleistung sollen jahrelanger Schlafentzug, Windeln wechseln, Erbrochenes wegwischen, füttern, Fieber messen, Zäpfchen geben, kochen, putzen, Elternabende, Nächte voller Sorgen, Fahrservice, Aushalten pubertärer Wutausbrüche nicht bleiben.

Für sie leider doch.

Woran sie wohl denkt, wenn sie nicht einschlafen kann? Ob ich da mal angeschlichen komme in ihre Gedanken? Ob sie sehr wütend auf mich ist? Weil ich so undankbar bin. Weil sie so viel getan hat und ich so wenig verstanden habe. Weil ich ihr nichts zurückgebe? Ich würde ja. Ich würde, hätte ich nicht so eine Angst vor ihr. Davor, was sie mit nur wenigen Sätzen in mir auslösen kann. Der Mensch, bei dem ich mich am allersichersten auf der Welt gefühlt habe, ist zu dem Menschen geworden, den ich am meisten fürchte.

Vielleicht mache ich mir aber auch etwas vor und eigentlich lässt sich ganz genau ausmachen, warum alles so bitterkalt wurde. Auch das Vielleicht ist schon eine Lüge. Jede Geschichte hat mehrere Wahrheiten. Kinder entscheiden sich für die Wahrheit, die sie am besten aushalten können. Das ist legitim, das ist nachvollziehbar, Kinder sind Kinder, die dürfen das. Ich bin 39. Ein Teil von mir ist drei Jahre alt, ein anderer neun, aber laut meinem Personalausweis, meiner Geschäftsfähigkeit und meinen Verpflichtungen im täglichen Leben bin ich 39 Jahre alt. Was, wenn die Geschichte, die ich geglaubt, die ich mir selbst und allen anderen erzählt habe, nicht stimmt? Was, wenn das Ende der Liebe und der Beginn der Kälte darauf zurückzuführen sind, dass sie 15 war, als sie mit mir schwanger wurde, und mein Vater 26.

Ich schäme mich irrsinnig dafür, Mascha. Wieso habe ich das so hingenommen? Und mir gesagt, ja, so war er eben, ein Hippie, auch verantwortungslos, aber doch lieb, mein Papa eben. Was, wenn sie recht hat, dass ich undankbar bin, denn dieser Fakt war mir immer bekannt. Die Zahlen lernt man in der ersten Klasse.

Ich liebe ihn so sehr, tot liebe ich ihn nochmal anders. Wenn jemand gestorben ist, fühlt man sich verpflichtet, die Person im besten Lichte erstrahlen zu lassen. Aber denken darf ich, was ich will, und ich denke: Er hat unrecht getan, er hätte nicht mit ihr schlafen dürfen. Die Verantwortung lag bei ihm.

Ihr konnte mit 15 wohl kaum bewusst gewesen sein, wie jung sie eigentlich noch war, man fühlt sich ja doch sehr erwachsen in dem Alter, als hätte man alles schon gesehen und gefühlt, was soll denn da noch kommen?

Und dann kam ich. Da war sie dann 16 und er 27. Jeden einzelnen Entwicklungsschritt von mir hat sie ausführlich mit ihrer Schulmädchenschrift in dem von der Sparkasse Kleine Stadt geschenkten Mein-erstes-Jahr-Büchlein dokumentiert. Vom Ultraschallbild bis zum ersten Wort (es lautete Mama). 2960 g hab ich gewogen, 52 cm war ich klein. Jetzt hatte sie endlich was zum Lieben, gleich ganze 2960 Gramm. Ich glaube, nein, ich bin sicher, sie war glücklich mit mir, endlich hatte sie etwas Eigenes, endlich zog Wärme in ihr Leben. Trotzdem war es falsch. Es ist richtig, dass ich lebe, und falsch, dass ich geboren wurde. Falsch, dass ich von einer 16-Jährigen geboren wurde, die sechs Jahre zuvor noch Vater, Mutter, Kind mit ihren Freund*innen gespielt hatte.

Wie schnell aus dem Vielleicht nun eine Sicherheit wurde. Ja, ich weiß, warum meine Eltern sich getrennt haben, weil sie nie hätten zusammen sein dürfen.

Wenn ich an die Beziehung oder an die Nicht-mehr-Beziehung meiner Eltern denke, ist es, als betrete ich einen Truppenübungsplatz. Achtung, Achtung, hier finden Schießübungen statt, Betreten auf eigene Gefahr. Als ich, nach meines Papas Tod, sein Haus ausgeräumt habe, fand ich Briefe von ihr. Da ist was in mir zerbrochen. Manche dieser Briefe sind laute Hilfeschreie. Ich wusste nicht, dass mein Vater so schlecht hören konnte. Ihr fehlten die Worte, ihm begreiflich zu machen, was genau sie an Unterstützung gebraucht hätte. Wobei, ich habe ihre Worte in den Briefen ja verstanden, den Ruf nach Hilfe herausgehört. Wohl eher also fehlte meinem Vater der Wille zu verstehen.

Was rede ich eigentlich von Unterstützung? Väter sollen nicht unterstützen, sie sollen Sorge tragen. Sind sie doch ebenso zuständig, tragen sie doch ebenso Verantwortung für ein Wesen, das noch vollständig von ihnen abhängig ist.

Väter erhalten allerdings, auch 2024 noch, bereits eine Nominierung zum Vater des Jahres, wenn sie ihr Kind lieben (welch Güte), dann und wann mal eine Windel wechseln, sich gar mit dem Kind auf dem Spielplatz blicken lassen. Doch wehe, eine Mutter hat mal keine Kraft mehr, vergisst den Elternabend, holt das Kind zu spät von der Kita ab, ernährt es eine Woche nur von Fast Food. Dann wird das Kind bedauert, die Mutter für unfähig und überfordert erklärt. Väter hingegen hätten eben viel zu tun, sie bemühten sich doch sichtlich, aus jedem Blick spräche Liebe, das muss reichen. Mein Vater – auch wenn ich mir das nicht eingestehen möchte – wurde seiner Verantwortung nicht gerecht.

In Grautönen fühle ich selten (schöner Buchtitel, oder?), meist schwarz (Mutter) und weiß (Vater). Ich will lernen, will trainieren, wie es ist grau zu fühlen. Obwohl, das klingt zwar schön, doch, Mascha, wer will schon grau fühlen? In Farben will ich fühlen, wenn ich an die beiden denke. Ich möchte der, die mir, als sie selbst noch beinah ein Kind war, so viel Liebe zu schenken vermochte, gerecht werden. Auch wenn sie das nie erfahren wird, möchte ich ihr wenigstens im Fühlen Genüge tun.

Als ich zwei Jahre alt war, packte meine Mutter meinen Korbkoffer, meinen Kuscheltierhund, mein leuchtendes Glühwürmchen und ein paar ihrer wenigen Habseligkeiten. Sie hatte meinen Vater verlassen. Zu zweit zogen wir in die Kehrwiederstraße in der kleinen Stadt, nicht weit entfernt vom Reetdachhaus. Die erste Trennung. Der erste Verlust. Aber ich hatte sie. Ich hing an ihr wie ein Känguru-Baby. Meine Mama. Sie war da, mir konnte nichts passieren. Mein Papa blieb im Reetdachhaus und verkaufte mittwochs und samstags auf dem Markt der kleinen Stadt Postkarten, Bilder und Getöpfertes. Ich an seiner Seite, die Käufer*innen anstrahlend. Das waren dann die Stunden, in denen meine Mutter mal nur für sich sein konnte. Das Geld reichte hinten und vorne nicht. Der Bruder meines Vaters leitete eine Firma in der verhassten Stadt. Nichts Großes, aber sie lief gut, und er könnte meinen Vater bei sich anstellen. Dafür müsste er allerdings in die verhasste Stadt ziehen. Was meine Mutter davon halte? Dort würde auch sie ungelernt leichter eine Arbeit finden, und am Wochenende könne ich bei meinem Vater wohnen.

Abermals wurden der Korbkoffer, der Kuscheltierhund, das Glühwürmchen und die stetig mehr werdenden wenigen Habseligkeiten meiner Mutter gepackt und die Kehrwiederstraße verlassen. Der zweite Verlust. Sie fanden jeder eine Wohnung in der gleichen Straße, nur zwei Häuser entfernt auf der gegenüberliegenden Straßenseite. Von da an lebte ich unter der Woche bei meiner Mama und am Wochenende bei meinem Papa. Keines der beiden Häuser hatte Reetdach. Immerhin waren sie nicht riesengroß, aber auch nicht hutzelig. Seelenlos, nichtssagend, ihnen fehlte die Gemütlichkeit. Und was sprachen die Leute komisch in dieser Stadt. Alle grüßten den Gott und auf mein gepiepstes Moin erntete ich verwirrte, wenn nicht sogar empörte Blicke.

Meine Eltern sprachen schon recht bald gar nicht mehr miteinander. Freitags schloss ich die Tür zur Wohnung meines Papas auf und teilte ihm mit, was meine Mama mir aufgetragen hatte. Sonntags das gleiche Spiel nur andersrum. Es gab ein starres Regelwerk, unter der Woche durfte ich nicht mit meinem Papa sprechen, am Wochenende nur im Notfall mit meiner Mama. Jeden Samstag gab es Senfeier mit Kartoffeln, das war nicht Teil des starren Regelwerks, das war Teil des Regelwerks von Papa und mir. Sonntagabends lag immer eine Überraschung auf meinem Schreibtisch, als wolle meine Mama sich entschuldigen dafür, dass sie am Wochenende ihre Ruhe vor mir wollte. Es war alles maximal verwirrend und das Moin gewöhnte ich mir alsbald ab. Mittlerweile habe ich es mir wieder angewöhnt. Fünf Tage die Woche war meine Mutter also zu zweit mit mir und doch allein. Jetzt sitze ich hier und denke nur an die Trennung, dabei wollte ich dir eigentlich erzählen, wie geborgen ich mal war. Du, Mascha, scheinst mir eine Mutter gewesen zu sein, die ihr Kind mit Liebe überschüttet hat. Steven hat sicherlich keine Sekunde seines – leider viel zu kurzen – Lebens an deiner Liebe gezweifelt. Natürlich war meine Mutter wütend, natürlich war sie enttäuscht, sie hatte keinen Ort, den sie abends im Bett nach einem endlos scheinenden Tag voller Pflichten und Aufgaben in Gedanken aufsuchen konnte. Ihr weniges Geld verdiente sie mit Putzjobs, Bürohilfsarbeiten und am Wochenende, wenn ich bei meinem Vater war, klingelte ihr Wecker um 04:30, sie hatte Zeitungen auszutragen. Sie war wie ein Uhrwerk, sie musste einfach immer funktionieren. 365 Tage im Jahr, 24 Stunden. Geborgenheit? Behaglichkeit? Fremdwörter.

Wenn die Ampel auf Rot springt, bevor ich sie erreiche, passiert meiner Mama was. Wenn ich die Ritze zwischen den Gehwegsteinen berühre, passiert meiner Mama was. Ich muss dreimal den Lichtschalter an und aus machen, sonst passiert meiner Mama was. Ich muss mir nach diesen Gedanken dreimal *nein, nein, stopp, stopp* im Kopf aufsagen, sonst passiert meiner Mama was.

Vielleicht hat meine Mutter statt einer Plazenta die Angst mit mir auf die Welt gebracht. Endlich eine Erklärung, weshalb die Angst schon immer an meiner Seite ist. Am aufdringlichsten ist sie, wenn es darum geht, jemanden verlieren zu können. *Meiner Mama soll es immer gut gehen, Tränen und Traurigkeit ist der Zugang zum Körper meiner Mama verboten. Meine Mama soll für immer leben, Sterblichkeit ist der Zugang zum Körper meiner Mama verboten.*

Meine kindlich aufgestellten Verbote interessierten niemanden. Wen denn auch? Gibt ja keinen Adressaten für dieserart Verbote. Ich glaube, sie war häufig mehr als nur traurig, und die Tränen, die ich mitbekam, waren nur Ausläufer dessen, was wirklich in ihr vor sich ging.

Ein Verbot wurde eingehalten. Sie lebt noch. Das war meine größte Angst, sobald sie mir Gute Nacht gewünscht hatte, sobald sie die Wohnung verließ, sobald ich die Wohnung verließ. Wenn ich sie nicht mehr sehen konnte, nicht mehr hören konnte, schien mir ihr Tod und damit ihr endgültiges Verschwinden als realistisch eintretende Möglichkeit. Kindliches Denken, was man nicht mehr sieht, existiert nicht mehr.

Hast du an Vorahnungen geglaubt, Mascha? Ich denke ja, wir reden uns das im Nachhinein schön, um uns einen Anschein von Kontrolle zu wahren. Vorahnungen als Erwiderung auf die Willkür des Lebens. Nein, ich glaube nicht, dass meine Angst sie zu verlieren prophetischer Natur war.

Ich hatte einfach schon immer Angst. Und manchmal Pech, dann nämlich, wenn die Angst sich bewahrheitete. Denn verloren habe ich meine Mutter ja, nur anders als ich es mit fünf, sechs, sieben, acht Jahren im dunklen Kinderzimmer liegend, befürchtet hatte.

Im Reetdachhaus, im Hutzelhaus allerdings, da war ich sicher und: Die Geborgenheit der frühen Jahre, die blieb mir erhalten.

EINMAL SOLLTE MAN ...

Einmal sollte man seine Siebensachen
Fortrollen aus diesen glatten Geleisen.
Man müßte sich aus dem Staube machen
Und früh am Morgen unbekannt verreisen.

Man sollte nicht mehr pünktlich wie bisher
Um acht Uhr zehn den Omnibus besteigen.
Man müßte sich zu Baum und Gräsern neigen,
Als ob das immer so gewesen wär.

Man sollte sich nie mehr mit Konferenzen,
Prozenten oder Aktenstaub befassen.
Man müßte Konfession und Stand verlassen
Und eines schönen Tags das Leben schwänzen.

Es gibt beinahe überall Natur,
– Man darf sich nur nicht sehr um sie bemühen –
Und so viel Wiesen, die trotz Sonntagstour
Auch werktags unbekümmert weiterblühen.

Man trabt so traurig mit in diesem Trott.
Die andern aber finden, daß man müßte ...
Es ist fast so, als stünd man beim lieben Gott
Allein auf der schwarzen Liste.

Man zog einst ein Lebenslos «zweiter Wahl».
Die Weckeruhr rasselt. Der Plan wird verschoben.
Behutsam verpackt man sein kleines Ideal.
– Einmal *aber sollte man ...*

Ich hatte gespart. Kleidergeld, Friseurgeld, Taschengeld, Wochenendverpflegungsgeld. Der Plan stand, die grüne Reisetasche mit dem Schwäbisch-Hall-Logo (wieso bloß war mir das nicht über alle Maßen peinlich?) hatte ich, voll bepackt mit beinah all meinen Klamotten, abends im Gebüsch vor der Haustür versteckt.

Zwei Monate nach meinem 14. Geburtstag wollte ich mich endgültig aus dem Staub machen, um herauszufinden, was dieses Leben an Abenteuern ungestört vom *Rasseln der Weckeruhr* zu bieten hat.

Von der verhassten Stadt auf die Domplatte also. Überall, da war und bin ich mir sicher, wird es lebendiger sein als in ihr. Die verhasste Stadt erscheint mir 2024 ebenso grau und leblos wie 1998.

Nachdem ich mein Teeniezimmer wegen Lieblosigkeit verlassen hatte, und vorübergehend in der Jugendschutzeinrichtung untergekommen war, landete ich in einer Wohngemeinschaft für Jugendliche. Ein Einfamilienhaus, zwei Stockwerke, Keller und Dachgeschoss, rauchen durfte man (ab 14) im Haus, Telefon stand im Flur, Badezimmer mit Badewanne, die Einrichtung des Zimmers wurde vom Träger finanziert. Es hätte schlechter laufen können. Dennoch.

Auf meine Zimmertür hatte ich geschrieben *Zahme Vögel träumen von Freiheit, wilde Vögel fliegen* und eine Freundin leerer Worte war ich noch nie. Auch, wenn ich bis jetzt noch nie geflogen bin.

Es war alles wirklich gut durchgeplant, sogar eine ICE-Fahrkarte hatte ich gekauft, denn direkt beim Fahren ohne Ticket erwischt zu werden, da wäre mein wilder Flug ja schnell vorbei gewesen.

Mein ehemaliger Mathelehrer entgegnete mir mal auf die Feststellung «den ganzen Mist hier eh nicht zu brauchen», «du denkst auch, du stehst irgendwann mit Springerstiefeln auf der Domplatte und sagst: Hallo, hier bin ich.» Und ja, genauso hatte ich mir das vorgestellt und genauso hab ich das dann auch gemacht.

Gewartet haben sie nicht gerade auf mich. Auf der Kölner Domplatte. Machte ja nichts, ich bin stur, ich bin leidensfähig, ich hielt es aus, «Kiddiepunk» genannt und nicht für ebenbürtig und cool genug befunden zu werden. Standesdünkel macht auch vor Domplatten-Punkern nicht Halt. So wie es im Romanischen Café das Schwimmer- und Nichtschwimmer-Bassin gab, gibt es bei Punkern auf der einen Seite die Coolen und auf der anderen die Pseudos und Kiddies. Für voll nahm mich keiner. Aber genommen haben sie sich von mir, was sie wollten. Ich habe auch nie Nein gesagt, oft sogar Ja, nur weiß man in dem Alter noch nicht wirklich, was ein Ja bedeuten kann.

An meinem ersten Abend auf der Domplatte habe ich rumgefragt, ob jemand wisse, wo ich schlafen könnte, und zwei Punker meinten «klar, du kannst mit zu uns». Ich hab mich gefreut und bedankt, als ich wissen wollte, wo dieses «uns» denn sei, begannen die beiden schallend zu lachen.

Auf dem Weg zum «uns» kamen wir an anderen Punkern vorbei, die weißes Pulver hatten, da hab ich natürlich zugegriffen, Hauptsache, kein Trott. Ein Schlafplatz wäre danach eigentlich überflüssig gewesen, aber nachts war es doch etwas kühl, und ganz alleine im Dunkeln wollte ich nicht sein. Wurde nur nicht wärmer, denn das «uns» stellte sich als – immerhin regengeschützter – Platz unter einer Brücke heraus.

Sehr witzig und sehr ungemütlich. Da lag ich dann zwischen den beiden unter einer Kölner Brücke. Ich weiß noch, der eine hieß Eimer, der andere Tigerchen oder so, irgendein Tier mit Diminutiv drangehängt. Den Eimer fand ich süß, auch noch als er mir seine Finger in die Vagina steckte und ich forderte «nimm das Messer raus» und die beiden wieder das Lachen anfingen.

Natürlich dachte ich, das könnte Liebe werden mit Eimer und mir, aber außer mir dachte das niemand.

Das wilde Leben hatte begonnen, und der Preis war hoch.

Mein erstes Ziel, auf der Kölner Domplatte aufzuschlagen, hatte ich also erreicht. Zeit für das nächste: Heroin ausprobieren. Heroin wächst nicht auf Bäumen (also eigentlich sogar doch fast, weil enthält es nicht Mohn?), erst recht wächst es nicht auf der Domplatte. Es galt also erstmal irgendwie an Heroin heranzukommen.

An einem meiner ersten Tage auf der Domplatte kam ein Mann Ende 20 auf mich zu. In seinem faltenfreien dunkelblauen Anzug sah er gar nicht aus wie einer, der seine Tage auf der Domplatte verbringt, eher wie einer, der mir jeden Moment nahelegt, ein Sparkonto zu eröffnen. Dieser Mann, dessen Namen ich vergessen habe, gab mir nicht das Gefühl, uncool oder ein «Kiddie», sondern auf den Treppenstufen der Freiheit (das waren sie für mich) willkommen zu sein. Ich fand ihn sympathisch und war froh, in Köln immerhin schon einen mir zugewandten Menschen zu kennen. Natürlich könne er mir Heroin besorgen, gar kein Problem sei das für ihn, antwortete er auf meine unbeholfen vorgebrachte Anfrage.

Was waren meine Vorfreude und Aufregung riesig, warum denn noch warten, das Leben ist jetzt, mit Heroin würde ich die *alten Geleise* endlich verlassen und ein wilder Vogel werden.

Auf die Idee, er könne eine Gegenleistung – außer Geld für das Heroin – erwarten, kam ich gar nicht. Absurd. Nur war ich eben wirklich gerade erst 14 geworden. Mit 14 meint man zwar bereits alles zu wissen, alles bereits verstanden zu haben, doch in echt, da weiß man noch fast gar nichts.

Und im besten Fall weiß man noch nicht, wozu Männer imstande sind.

Der Mann ohne Namen lotste mich in den Kölner Dom (glaubte ich wirklich, dort Heroin zu bekommen?), wo wir uns nebeneinander auf eine Kirchenbank setzten, auf der er plötzlich immer näher an mich heranrückte. Er begann mir ins Ohr zu flüstern, wo ich das Heroin bekommen würde und was ich dafür tun müsste, er berührte mich überall und doch nirgends. Hinterm Ohr, am Hals, an den Armen, an den Brüsten, er flüsterte, streichelte, küsste. Ich sagte dann irgendwann, nun doch kein Heroin mehr zu wollen. Der Preis war mir zu hoch.

Mein erster Nietengürtel. Eines der vielen Accessoires, die mir den Weg vom Kiddie zur coolen, akzeptierten Punkerin ebnen sollten. Der wurde natürlich nicht althergebracht durch Hosenschlaufen gezogen, sondern um, genauer gesagt etwas unter den Po gehängt.

Mascha, könntest du meine Gedanken hören, was würdest du da wohl denken? Die Mode der Subkulturen deiner Zeit, die hatte wahrlich mehr Eleganz. Aber dies war eben unsere.

Ich behielt meinen Nietengürtel, auch nachdem ich damit verprügelt wurde. Immer mehr bekam ich eine Ahnung davon, wozu Männer imstande sind. Ich erkannte allerdings nicht, dass es unrecht war, dachte mir eher: So ist das wohl, wenn man *dem Aktenstaub entflieht* und das Leben wirklich leben, das Leben wirklich spüren will.

Ein paar Tage nach der Nacht unter der Brücke fand ich eine Notschlafstelle, die man von 14 bis 27 Jahren aufsuchen konnte. Drogen verboten. Spritzen in den Schubladen. Alle dort waren süchtig, nach Alkohol oder Heroin. Der Altersdurchschnitt lag bei 19. Sowas Trauriges. Doch wie unglaublich verwegen fand ich es damals, zu der Zeit, als meine Idole Spritzen im Arm und Pupillen wie Stecknadelköpfe hatten.

Die Notschlafstelle musste um 10:00 verlassen und durfte um 19:00 wieder betreten werden. Tagsüber suchte ich weiterhin auf den Stufen des Kölner Doms nach Anerkennung und Heroin.

Heutzutage treiben sich dort fast nur Tourist*innen rum, kaum noch bunte Haare und Nietengürtel. Oft bin ich allerdings nicht mehr auf der Kölner Domplatte und auch nicht wirklich gerne. Einen Großteil der Erinnerung an diese Zeit haben mir Männer verdorben.

Sie waren zu viert oder fünft, ich war alleine und nicht mehr nüchtern. Irgendein Punker hatte meist eine verdreckte und vom Jugend- oder Sozialamt finanzierte Ein-Zimmer-Wohnung. Keine Ahnung, wem der vier oder fünf sie gehörte, und es ist auch gleichgültig. Fast so gleichgültig, wie es mir lange Jahre war, was sie mit mir gemacht haben.

Ausgezogen habe ich mich wohl noch freiwillig, meine Erinnerung an diesen Nachmittag ist nur schemenhaft vorhanden. Wahrscheinlich dachte ich, wenn sie mein Inneres so uncool finden, muss ich mir eben was einfallen lassen und mich einfach ausziehen, das müsste doch der ultimative Beweis dafür sein, wie cool und unkonventionell ich doch bin.

Sie waren älter, alle so Anfang 20. Sie hätten sagen müssen: «Zieh dich wieder an, das geht uns nichts an, wie du nackt aussiehst.» Sie haben gesagt: «Mach weiter», und meinen Nietengürtel, auf den ich so stolz war, genutzt, um auf meinen Po einzudreschen. Tagelang hatte ich Schmerzen beim Sitzen und wusste nicht, warum, war zu selten nüchtern, um dem genug Beachtung zu schenken. Einer von ihnen, ein 23-jähriger Mann mit dem Spitznamen Lurch, hatte mit Filzstift auf die Innenseite meines rechten Oberschenkels «Lurch was here» geschrieben. Dass der sich nicht geschämt hat. Was Lurch «here» gemacht hatte? Ich weiß es nicht, ich werde es nie erfahren, und nachdem ich mittlerweile weiß, wozu Männer imstande sind, ist es wohl besser so.

Dosenbier war 1998 noch das Ding der Stunde. Hansa Pils. Früh Kölsch. Reissdorf Kölsch. Na und so weiter. Aus den silbernen Dosenverschlüssen wurden Ketten für den Hals oder die Springerstiefel gefertigt. Sehr effizient eigentlich, denn so hatte man kostenlosen DIY-Schmuck inklusive einiger Räusche. Diese silbernen Aluminiumösen wurden also entweder zu Schmuck recycelt oder landeten im Müll. Die vier oder fünf jungen Männer entschieden sich an diesem Nachmittag für eine dritte Option und steckten sie in meine Vagina.

Ein anderes Mal verbrachte ich die Nacht alleine auf der Mittelebene des Kölner Hauptbahnhofs, ich war sehr betrunken und legte mich dort schlafen. In dieser Nacht drangen Finger in mich ein, und weil ich im betrunkenen Halbschlaf war, stellte ich nicht infrage, wessen Finger es sein könnten. Beim Aufwachen stellte ich fest: Die Finger gehörten zu einem Mann, weit über 30. Lange Jahre habe ich mit niemandem darüber gesprochen, weil ich diese

Finger in mir irgendwie erregend fand, ich hätte mich doch wehren können, also habe ich mich geschämt und es für mich behalten. Doch es war unrecht, und Scham sollte nur er empfinden.

Er sollte sich schämen, mit seinen Fingern einfach in meinen Körper eingefallen zu sein. Als existiere dieser Körper nur für ihn, nur für Männer, die sich Befriedigung an ihm verschafften, und nicht, um mich durchs Leben zu tragen.

Ein anderes Mal, 14 oder 15 war ich da, bin ich nach einer betrunkenen Nacht auf einer Wiese neben einem Punker aufgewacht. Nennen wir ihn auch wieder Lurch. Sein Name kann auch Stein, Erpel, Hahnenkopf oder Mülltonne gewesen sein. Ein Lurch war er allemal. Lurchs erste Worte nach dem Aufwachen lauteten «war gut», ich hatte keine Ahnung, was denn gut gewesen war. Heute bin ich mir sicher, er ist in mich eingedrungen, ob mit seinem Penis, seinen Fingern, Dosenverschlüssen oder was ihm sonst so eingefallen sein mochte.

Männer, das verstand ich langsam, finden immer Wege, in uns einzudringen.

Obwohl ich sogar ein T-Shirt der Band No means No – die sich nach einem Anti-Vergewaltigungsslogan benannt hatte – besaß, hätte ich niemals und nie Nein zu einem Punker gesagt. Mal abgesehen davon, dass sie häufig nicht mal gefragt hatten, hätte ich alles getan, um Anerkennung zu erlangen.

Ich konnte es damals nicht benennen, doch ich war

verdammt alleine, und es begann, worauf ich, bis ich 30 wurde, zurückgreifen sollte: Auf meinen Körper war Verlass, meiner Seele traute ich nicht. Mein Inneres lieben? Nein. Mich begehren? Ja. Mich benutzen? Wenn ich dann dazugehöre. Meine Gedanken schienen mir so banal und nicht ausgereift, man könnte sagen, ich schämte mich ihrer. Mein Körper war ohnehin für alle sichtbar, den konnte ich nicht verstecken, und so nutzte ich ihn, um Kontakt herzustellen. Dass davon nur die Männer was hatten: geschenkt.

Das *Fortrollen aus glatten Geleisen* war mit so viel mehr Gefahren verbunden, als ich mir das erträumt hatte mit meiner Schwäbisch-Hall-Reisetasche im ICE verhasste Stadt–Köln, der mich hinein ins Abenteuer Leben fahren sollte. Denn je einsamer, desto gefährdeter. Typen wie der Mann ohne Namen, die riechen das doch, wenn du alleine bist und dir niemand helfen wird.

In der Notschlafstelle habe ich auch zwei Freundschaften geschlossen. Das, was man mit 14 Freundschaft nennt. Wir fanden uns sympathisch, konnten ab und an zusammen kichern, und vor allem hatten wir etwas gemeinsam: Wir waren alleine. Dann doch wenigstens nicht einsam sein. So taten wir uns zusammen.

Eine dieser Freundinnen war Caecilia. Mit Caecilia habe ich die Nacht durchgemacht. Mit Caecilia, Speed, Gilden Kölsch und zwei Männern. Die waren sicher schon über 30. Was treibt Männer über 30 dazu, ihre Nacht mit zwei Teenagern zu verbringen? Und diese Teenager mit nach Hause zu nehmen? Ich dachte, sie wären schwul, keine Gefahr, nur eine weitere Nacht *das Leben schwänzen.* Natürlich waren sie nicht schwul.

Aus dem Lautsprecher prophezeite Jim Morrison *this is the end.* Im Bett näherten sich uns Finger. Wie konnte ich auch glauben, jemand hätte es mal nicht auf meinen Körper abgesehen?

Caecilia schlüpfte in ihre Plateau-Buffalos, ich in meine Springerstiefel, und wir sahen zu, unsere Körper in Sicherheit zu bringen.

Meine zweite Freundin in der Notschlafstelle war Melanie. Melanie war – wie Caecilia – drei Jahre älter als ich. Den Altersdurchschnitt in der Notschlafstelle senkte ich ein wenig, 14 waren nicht viele, wenn überhaupt jemand. Melanie war heroinabhängig. Sie hatte also bereits erreicht, wovon ich immer noch träumte.

Zwar gab es in der Notschlafstelle Taschengeld, ich glaube, es waren so um die 50 Mark monatlich, doch reichte das bei Weitem nicht aus. 50 Mark reichten für eine Woche rauchen. Essen, Trinken, Alkohol, Hygieneartikel, Drogen, frische Unterwäsche, derlei gab es nicht geschenkt. Also hielten Melanie und ich uns viele Stunden schnorrend im Kölner Hauptbahnhof auf. Tatsächlich war das Schnorren häufig lukrativer als manch unterbezahlter Job, den ich in meinen 20ern in der großen Stadt annehmen sollte.

Melanies Sucht allerdings ließ sich nicht alleine durch 50 Mark Taschengeld und Schnorren am Hauptbahnhof finanzieren.

Eines Tages dann meinte Melanie, heute fahren wir mal zum Ebertplatz, nicht zum Hauptbahnhof. Klar, warum nicht? Mir war es gleichgültig, wo wir uns aufhielten, wo wir nach Geld fragten. Doch an diesem Tag hat es geregnet, beinah gestürmt, da hätte ich dann doch lieber am Hauptbahnhof vor einem kostenlosen Kaffee in der Bahnhofsmission gesessen, als wartend unter einem Vordach gestanden. Melanie beruhigte mich mit den Worten: Erich käme bald und dann wären wir im Trockenen.

Erich kam in einem kackbraunen Volvo angefahren, der passte perfekt zu ihm. Melanie stupste mich an, um mir begreiflich zu machen, dass ich vorne neben Erich sitzen werde. Diesmal war ich nicht mehr ganz so naiv. Dass Erich an meinen Körper wollte, war mir klar. Ich hatte *Christiane F.* so oft gelesen, ich wusste, was in den Autos 50-jähriger Männer mit Halbglatze passiert, wenn ein junges Mädchen auf dem Beifahrersitz Platz nimmt.

Melanie setzte sich hinter mich, Erich fuhr mit uns beiden in eine Tiefgarage. Seine Hände zitterten, während er die Kupplung seines kackbraunen Volvos bediente. So ein Schwein. Er war aufgeregt. Frischfleisch.

Es ging sehr schnell. Mit sehr schnell meine ich, es dauerte 30 Sekunden. Erich holte sein verkümmertes Schwänzchen aus seiner beigen Hose, die mal wieder gewaschen gehörte, sah mich flehend an, und ich begann damit, meine linke Hand an diesem verkümmerten Stückchen Fleisch rauf- und runterzubewegen. Dann war es auch schon vorbei. Ein Laut wie von einem mir unbekannten Tier, «ööh», und Erich drückte mir 50 Mark in die Hand. Melanie bat ihn, uns bei McDonald's abzusetzen und das war es dann. Ööh.

Das *Leben fernab glatter Geleise* entpuppte sich viele Male als kälter, trister, hässlicher, brutaler und trostloser, als ich mir das hinter meiner «*Zahme Vögel träumen von Freiheit, wilde Vögel fliegen*»-Zimmertür ausgemalt hatte.

Überall waren Männeraugen, Männerhände. Es waren keine helfenden Hände, es waren keine mitfühlenden Augen. Es waren Hände und Augen voller Gier. Gier auf einen Körper, der noch wuchs, auf Brüste, die noch nicht fertig entwickelt waren. Auf einen Körper, der die gezeichnete Messlatte an der Wohnzimmerwand (glücklicher Familien) noch nicht zu Ende ausgereizt hatte.

Nie wieder bin ich zu einem Erich ins Auto gestiegen, Melanie schon. Sie hat mir erzählt, dass Erich sie einmal die Woche am Ebertplatz abhole, und es sei so praktisch mit Erich, eben weil Erich so schnell fertig sei.

Manchmal haben wir uns angeguckt, «Ööh» gemacht und gekichert, als lägen wir bäuchlings auf dem Bett eines Teeniezimmers, die Beine in der Luft. Das ist es auch, was wir eigentlich hätten tun sollen, wenn die Welt eine andere wäre, eine, in der 16-Jährige keine Kinder bekommen und Väter ihrer Verantwortung gerecht würden.

Wir waren so jung, so jung, dass wir nicht einmal wussten, wie jung wir doch waren.

SCHULAUSFLUG

Des Morgens versammelt sich alles um acht:
Die Kinder mit Rucksack und Milchkaffeeflaschen,
Herr Borchardt in Loden und Wickelgamaschen,
Das Pensum des Tages wohldurchdacht.

Vom Bahnhof aus wandelt man stumm;
Folgt Chorgesang: «Komm lieber Mai ... »
Nebst Meldung, daß Wandern des Müllers Lust sei,
Ans staunende Publikum.

Jetzt lehrt der Herr Borchardt Natur
An Staubfäden sämtlicher Größen und Stärken.
Das muß man sich dann für den Schulaufsatz
merken,
A conto Zensur.

Danach wird im Walde gespielt,
Worauf sich die Kinder «recht freundlich»
gruppieren,
Denn jetzt kommt der Hauptspaß: das Fotografieren
Fürs Klassenbild.

Im Gänsemarsch kehrt man zurück:
«Wir haben im Waldschlößchen Frühstück gegessen»,
«Und ich habe nur bei Herrn Borchardt gesessen ...»
– Das ist das Glück.

Mascha, du weißt ja nun, ab einem gewissen Alter lag mir nichts ferner, als in dieser spießigen Alltäglichkeit das Glück zu entdecken.

Christiane F. hatte mit 12 das erste Mal Heroin genommen. Geraucht, bald darauf dann gespritzt. Heroin zu rauchen, fand ich prosaisch, eine Spritze im Arm dagegen Poesie pur. Ja, das klingt völlig daneben, absurd, makaber eigentlich. Nur, so war es eben. Ich fühlte mich als Spätzünderin. 14, das ist doch kein Alter, in dem man das erste Mal Heroin nimmt, aber besser spät als nie, jetzt galt es also, sich zu sputen. In meinem rot-weiß gepunkteten Notizbüchlein (das habe ich immer noch, es hat sich durch alle Umzüge, Wutanfälle und Tränen hindurchgerettet) vermerkte ich meine bisher konsumierten Drogen: Haschisch und Piece, Tavor, Kokain, Pep, Koffeintabletten durch die Nase gezogen.

Als Dichterin ging es dir sicherlich häufig so, dass du wusstest: Bei dem Gedicht fehlt noch was, das ist noch unvollkommen, nicht rund. So ging es mir auch, es fehlte das Heroin, um meine Drogenerfahrungen als komplett betrachten zu können. Angst vor der Sucht hatte ich keine. War es doch meine kurze Zeit der Furchtlosigkeit.

Ein jedes Leben besteht aus Warten. Sehr viel Warten. Worauf ich schon so gewartet habe: auf Anrufe, auf Briefe, auf Nachrichten, auf zwei blaue Haken, auf die erste Liebe, den ersten Sex, Ruhm, Busse, Bahnen, Kellner*innen, ein Zuhause und auf den ersten Schuss Heroin.

Stets ein Ziel, eine Sehnsucht, einen Traum parat zu haben gehört zu meinen Lebenstipps, um die mich niemand bittet. Es ist nun aber wirklich so, dass Träume und Ziele einen durch viele *blasse Tage* tragen. Melanie hätte mir meinen Traum erfüllen können, doch sie wollte nicht. Zu Erich konnte sie mich mitnehmen, da hatte sie keine Skrupel. Aber in den gleichen Arm, der aus Erich ein «Ööh» rubbeln konnte, Heroin spritzen und mir damit ein Geschenk machen, das ging ihr zu weit.

Zu einem Erich würde ich nicht nochmal ins Auto steigen, das war mir klar.

Unpraktisch für mein Anliegen, wissen diese notgeilen Schweine doch sicherlich, woher Heroin bekommen und wer dabei hilft, die erste Spritze zu setzen.

Heroin sollte mir also von einer Frau beschafft werden. Furchtlosigkeit hin oder her.

Verena war schon 27 und hatte eine eigene Wohnung. Mit eigener Wohnung meine ich eine Eigentumswohnung, direkt am Neumarkt. Maisonette, Eck-Badewanne, Dachterrasse, ich glaube, ihre Eltern waren in der Baubranche tätig. Zumindest der Vater. Sie redete nicht viel von ihnen, murmelte nur manchmal zugedröhnt vor sich hin, dass sie sich freigekauft hätten mit der Wohnung und dem monatlichen Geldfluss auf ihrem Konto. Große Schuld hätten sie auf sich geladen, niemals könnten sie die abbezahlen. Drei Tage und zwei Nächte haben wir uns gekannt. Dann wurde sie abgeholt. Mit Blaulicht und allem Drum und Dran, denn unter ihren Bundfaltenhosen und Seidenblusen wartete das Grauen. Ihre Arme und Beine waren gezeichnet von Schnitten so tief, dass ich wegschauen musste, als sie in ihrer Maisonette-Wohnung ihr bürgerliches Kostüm ablegte.

Verena war zauberschön, und Verena machte alles mit Stil. Sie besaß so ein fahrbares Servierwägelchen, das allein für ihre Spritzutensilien bestimmt war. Wie eine Hausbar (die sie auch noch hatte), nur eine Heroin-Bar. Spritzen, ein – sicherlich teurer – schmaler dunkelgrüner Ledergürtel, ein Löffel, in dem man sich spiegeln konnte, und mehrere Zippos, auf einem war sogar ihr Name eingraviert.

Ich glaube nicht, jemals jemanden getroffen zu haben, der so einsam war wie Verena.

Viel Geld, keine Liebe, das alte Lied, das niemals abgenutzte Klischee. Na ja, Klischees entstehen nicht in einem Vakuum, sie brauchen Blaupausen.

Ich lernte sie beim Schnorren am Dom kennen, Melanie muss da gerade bei einem Erich im Auto oder auf einen Erich am Straßenrand wartend gewesen sein.

Na klar hätte sie 'ne Mark, nicht nur eine, erwiderte Verena auf meine Frage nach Kleingeld. Aber vielleicht hätte ich ja auch Hunger und Durst, und falls ja, lade sie mich ein.

Verena war kein Mann, was also konnte mir schon

passieren. Ihr Gang passte so gar nicht zu ihrem durchweg souveränen Auftreten, sie lief ziemlich langsam, schwankte fast, wirkte dabei jedoch nicht betrunken. Im Restaurant kannte man sie, nahm ihr den Blazer und mir meine zerlöcherte Jeansjacke ab und platzierte uns an einen Zweiertisch gegenüber einer Spiegelwand. Wahrscheinlich von Swarovski, würde mich nicht wundern. Sowas hatte ich noch nicht erlebt. Sowas habe ich – bis jetzt – auch nie wieder erlebt. Höhepunkt meiner Dekadenz ist bis dato die Reise zu deinem Grab, Mascha. Mein lieber Scholli. Wir tranken Sekt oder Champagner, ich kenne den Unterschied immer noch nicht, rauchten eine Zigarette (Vogue Super Slim, passend zum Ambiente) nach der nächsten und werden wohl auch irgendwas gegessen haben. Verena war der erste Mensch, für den ich Projektionsfläche wurde.

Verena meinte, sie könnte meine große Schwester sein, die gleichen Augen hätten wir schon mal, blau-grün, sehr traurig und schwermütig, würde uns jeder glauben! Vielleicht hab ich gelacht und gesagt: «Du könntest sogar meine Mama sein, dann hätte ich endlich wieder eine.» Vielleicht auch nicht, wahrscheinlich habe ich nur Ja gesagt, wie zu allem.

Auf jeden Fall muss ich extrem betrunken gewesen sein, weil als Nächstes erinnere ich nur noch, wie ich mit schrecklichem Durst auf ihrer Sofalandschaft aufgewacht bin. Tagsüber-Räusche sind die schlimmsten, abends aufwachen, nicht wissend, welcher Tag, welche Uhrzeit, welches Sonnensystem.

Auf dem Sofa gegenüber saß oder vielmehr lag Verena und starrte ins Leere. Sie hatte mich zugedeckt, jahrelang hatte mich niemand mehr zugedeckt. Ob Verena je zugedeckt wurde, außer vom Wattegefühl des Heroins? Wurde meine Mutter je von jemandem zugedeckt? Durften die beiden erfahren, wie das ist, wenn jemand sich sorgt, du könntest frieren, dir könnte es an etwas fehlen? Diese kleine Geste von ein paar Sekunden, die keine Anstrengung von der gebenden Person erfordert und bei der Empfangenden ein Gefühl von Sicherheit und Behütetsein auslöst, diese kleine Geste sollte im Grundrecht verankert werden.

«Willst du wirklich?», murmelte sie vor sich hin, diesmal mich, nicht die Leere fixierend. Erst hatte ich keine Ahnung, was sie meinte, weshalb ich sie – während ich einen großen Schluck vom Mineralwasser, das sie mir vorsorglich auf dem riesigen Couchtisch bereitgestellt hatte, trank – fragte: «Was meinst du denn?»

«Schore, willst du wirklich? Ich hab alles da, aber du musst wissen, worauf du dich einlässt mit dem Zeug.»

So hatte ich mir das nicht vorgestellt, in meiner Vorstellung saß ich bei meiner ersten Spritze auf dem zerkratzten und verdreckten Fliesenboden eines Bahnhofsklos oder in der durchgehend geöffneten Tiefgarage am Dom, nicht in einer aufgeräumten, blitzblanken Maisonette-Eigentumswohnung am Neumarkt. Punkrock war das nicht. Heroin war es trotzdem. Ich beobachtete sie dabei, wie sie das Heroin auf den Löffel schüttete, den Löffel von unten erhitzte und schlussendlich die braune Flüssigkeit in die Spritze zog. Meinen rechten Arm hatte sie vorher mit dem wirklich edlen Gürtel abgebunden, wieder nichts mit Punkrock. Ich war aufgeregter als vor meinem ersten Sex. Viel Zeit für Aufregung blieb mir allerdings nicht, schon saß sie vor mir, klopfte auf meine Venen, murmelte anerkennend «die sind gut, ganz meine kleine Schwester, ich hab auch diese Heroinvenen», und dann ging es auch schon los. Schwierig zu beschreiben, wie wenn beim Filmgucken das Bild plötzlich zuckt, der Film reißt, ich dachte an nichts mehr, nicht an Liebe, die verschwunden ist, nicht an kleine Häuser unter Reet, nicht an große kalte Häuser. Mich interessierte nichts, ich war ein in Watte gepacktes Michelin-Männchen, dem niemand etwas anhaben konnte. Was ich nicht wusste, war, wie doll es dann juckt, obwohl ich am Dom und auch im Hauptbahnhof der verhassten Stadt häufig auf sich kratzende Junkies getroffen war. Als hätte Verena mir Flöhe injiziert.

Heroin. H. Schore. Konnte ich das auch abhaken.

Von Verenas Wohnung habe ich in unseren gemeinsamen drei Tagen und zwei Nächten nur die Sofalandschaft gesehen, das Badezimmer und einmal die Dachterrasse, mit Blick auf den Neumarkt. Die bekam ich zu sehen, weil mir am zweiten Abend furchtbar übel wurde. Nachdem ich ihrer Villeroy-und-Boch-Kloschüssel meine Alkohol- und Heroinrückstände anvertraut hatte, nahm Verena, die vor der Klotür Wache gehalten hatte, mich an der Hand und führte mich auf ihre Dachterrasse. Frische Luft schnappen.

Es war teilweise echt anstrengend, fast ununterbrochen faselte sie etwas von kleiner Schwester und dass ich bei ihr einziehen könne, so viel Platz, wie sie hätte. Auf gar keinen Fall wollte ich Teil der von ihr angestrebten Symbiose werden. In unserer zweiten und letzten gemeinsamen Nacht kam sie plötzlich zu mir aufs Sofa gekrochen, schmiegte sich an mich und fragte, ob wir etwas kuscheln könnten, sie sei so traurig. Was hätte ich sagen sollen? Ich war weder nüchtern noch richtig wach noch wusste ich, wie man Nein sagt. Also schlang sie ihre langen, dünnen, von Narben und Einstichen übersäten Arme um mich, und wir schliefen ein.

Der nächste Morgen war surreal. Verena saß völlig aufgekratzt, den Oberkörper hin und her wippend, mit wild zitternden Beinen auf ihrem üblichen Sofaplatz. Jede Frage beantwortete sie mit einem verneinenden Kopfschütteln. Das überforderte mich maßlos. Was mich auch überforderte, war das plötzliche Klingeln ihrer Türglocke. Ich hatte vergessen, dass eine Außenwelt existiert. Vor der Tür standen zwei Sanitäter und eine Notärztin. Wo denn bitte Frau Verena L. sei, sie hätte angerufen und gebeten, abgeholt zu werden, Suizidgefahr, ob ich die erwähnte kleine Schwester sei und Verwandte benachrichtigen könne. Seit meiner Flucht aus dem Teeniezimmer hatte ich viel Irrsinn erlebt, doch das übertraf alles. Ganz kurz packte mich die Sehnsucht nach einem *Wandertag* mit *Herrn Borchardt,* aber nein, ich wollte ja alles vom Leben. Auch diesen kompletten und unendlich traurigen Irrsinn, den ich bisher nur aus Büchern kannte. Die Sanitäter haben Verena dann mitgenommen. Als wir uns zwei

Tage vorher am Dom kennengelernt hatten, trug ich nur meine zerlöcherte Jeansjacke und mein kleines grünes Armee-Täschchen mit Zigaretten, Feuerzeug, Geldbeutel und *Christiane-F.*-Buch. Zu packen gab es also nichts, als ich ihre – von einer schweren Schuld finanzierte – Maisonette-Eigentumswohnung am Neumarkt verließ und Verena nie wiedersah.

Ich glaube nicht, dass sie noch lebt.

Ich habe mal gelesen, Erinnerungen seien nie korrektes Abbild des Erlebten. Sie trögen und veränderten sich immer mal wieder. Mag sein.

Fest steht aber, von all den traurigen, einsamen und verzweifelten Menschen, die ich in meinen Leben getroffen habe, war niemand so gebrochen wie Verena.

KINDER REICHER LEUTE

Sie wissen nichts von Schmutz und Wohnungsnot,
Von Stempelngehn und Armeleuteküchen.
Sie ahnen nichts von Hinterhausgerüchen,
Von Hungerlöhnen und von Trockenbrot.

Sie wohnen meist im herrschaftlichen Haus,
Zuweilen auch in eleganten Villen.
Sie kommen nie in Kneipen und Destillen,
Und gehen stets nur mit dem Fräulein aus.

Sie rechnen sich jetzt schon zur Hautevolée
Und zählen Armut zu den größten Sünden.
– Nicht mal ein Auto … ? Nein, wie sie das finden!
Ihr Hochmut wächst mit Pappis Portemonnaie.

Sie kommen meist mit Abitur zur Welt,
– Zumindest aber schon mit Referenzen –
Und ziehn daraus die letzten Konsequenzen:
Wir sind die Herren, denn unser ist das Geld.

Mit vierzehn finden sie, der Armen Los
Sei zwar nicht gut. Doch werde übertrieben – –.
Mit vierzehn schon! – Wenn sie doch vierzehn blieben.
Jedoch die Kinder werden einmal groß …

«Personenkontrolle, einmal die Ausweispapiere, bitte.» «Dann musst du uns wohl auf die Wache begleiten.» «Einmal ausziehen, umdrehen, bücken und die Pobacken auseinanderreißen, damit wir uns versichern können, dass du nicht noch irgendwo weißes Pulver versteckt hast.»

Davon hatte ich bei Christiane F. nichts gelesen. Die Polizei guckt einem in den Po? Einer 14-Jährigen? Als volljähriger Mensch einer Minderjährigen in den Po gucken, das ist strafbar. Nur wenn es die machen, bei denen die Strafbarkeit eigentlich zur Anzeige gebracht wird, wenn niemand da ist, der für dich spricht, wenn du danach erniedrigt und sprachlos auf der nackten, kalten Pritsche in einer Zelle sitzt, niemand dir beisteht in dem dir zugefügten Unrecht, dann bist du dieser Willkür eben ausgesetzt und hast Pech gehabt.

Stunden ließen sie mich in der Zelle mit dem kleinsten Fenster der Welt warten. Um mich herum Steinwände, als einziges Möbelstück die kahle Pritsche und ein in den Boden eingelassenes Edelstahl-Klo. Schikane war das, reine Schikane. So ein Leben auf Trebe ist aufregend und anstrengend zugleich. Dauernd muss man erneut abhauen, die Biege machen. Nee, so hat Ende der 1990er niemand mehr geredet. Klingt eher nach einem Fiete, der in den 1920ern nach erfolgreichem Brotdiebstahl beim Bäcker Bolle seiner Clique zuruft: «Los, Leute, Biege machen, aber flott.» Das wüsstest du jetzt, Mascha, ob die *Kinder armer Leute* zu deiner Zeit wirklich so geredet haben. Wenn man auf Trebe ist und eine Vermisstenanzeige laufen hat und die Polizei das bei einer Ausweiskontrolle herausfindet, muss sie dich in einer städtischen Unterkunft für Kinder und Jugendliche abgeben. Folglich bin ich in meinem Leben häufiger Streifenwagen als Taxi gefahren.

Nachdem sie keine Drogen bei mir gefunden hatten, verkündete die Beamtin «wir haben jetzt niemanden, der dich fahren kann, du musst warten», und so bekam ich die erste, aber wahrlich nicht letzte Zelle meines Lebens von innen zu sehen. Dass über Stunden niemand Zeit hatte, mich zu fahren, bezweifle ich stark. Die Wache ist berüchtigt, und das nicht gerade für ihre Nächstenliebe.

Eine Jugendliche, wie ich sie war, mit einem Hunger auf Leben, einer Sehnsucht nach Liebe und einer Wut, die keine Grenzen kennt, nennt man Systemsprengerin. Die werden weitergereicht von einer Inobhutnahme-Einrichtung zur nächsten. Heim, Wohngruppe, Schiff, geschlossenes Heim, Psychiatrie, alle paar Monate wird in einem sogenannten Hilfeplangespräch, das mehr Plan als Hilfe ist, eine neue Maßnahme beschlossen. Auf solche Jugendlichen bereitet kein Diplom, Bachelor oder Master vor. Die Grenzen eines Systems, das darauf ausgelegt ist, Menschen zu funktionierenden Arbeitskräften zu erziehen, um sie so bald wie möglich in den Wirtschaftskreislauf zu integrieren, sind schnell ausgereizt.

Auf meinem Dachboden befinden sich, geordnet und beschriftet in einem Ordner, einige Hilfepläne aus dieser Zeit. Es muss schwer gewesen sein mit mir. Für mich war es schwerer. In der Jugendwohngruppe der verhassten Stadt flog alles durch die Gegend, das Telefon, die Bettdecke, prall gefüllte Müllbeutel, Türen riss ich aus den Angeln oder trat sie ein. Nachts stieg ich aus dem Fenster und stachelte die anderen Jugendlichen dazu an, mir zu folgen. Regeln mögen existiert haben, aber nicht für mich.

Was macht man denn mit so einer? Weiterreichen. Und engagieren. Für das Engagement war Ute zuständig. Ute, die 26-jährige Sozialpädagogin, die stets Kontakt zu mir hielt, wo auch immer ich gerade Unterschlupf gefunden hatte. Ute, die mir mal eine Tigerenten-Wärmflasche geschenkt hat, als wir Weihnachten bei ihr zu Hause verbrachten, weil ich keinen Ort zum Feiern hatte. Mit dieser Wärmflasche im Arm schlafe ich seit nun bald 25 Jahren ein. Nachts die Tigerenten-Wärmflasche, tagsüber Diebstähle, Beamtenbeleidigung und Körperverletzung. Ich finde Widersprüche faszinierend, das ist es auch, was ich an deinen Gedichten so schätze, du verbindest das Schwere, kaum zu Ertragende mit einem Witz und einer Leichtigkeit, die zunächst konträr erscheinen. Dabei sind sie das gar nicht, sie bilden das Leben ab und spenden Hoffnung.

Die Dienstaufsichtsbeschwerde hatte nie eine Chance. Ich war – mal wieder – sehr betrunken und erinnere nichts. Was sich, laut Schilderungen, zugetragen hat, war Folgendes: Eines Nachts wurde ich, mit einem blauen Auge und völlig verstört wirkend, von der Polizei in meiner Jugendwohngruppe abgesetzt. Was ich erinnere: Ich hatte mich einer Festnahme oder Ausweiskontrolle widersetzt, indem ich einem Polizisten mit meinen roten Springerstiefeln gegen das Schienbein getreten habe. Seine Antwort landete als Faust auf meinem Auge. Am nächsten Tag ging Ute mit mir zum Arzt, der bestätigte, was sie vermutete, diese Art der Schwellung könne nur von einem Faustschlag verursacht worden sein, und nicht, wie der Polizist und sein Kollege behaupteten, von einem Treppensturz. Überhaupt, so oft wie auf Polizeiwachen Menschen die Treppe runterfallen, da fragt man sich schon, was an diesen Treppen so anders ist, weil normal scheint diese Häufung nicht. Was sich noch zugetragen hat, warum ich derart verstört wirkte, als ich wieder in der Jugendwohngruppe ankam: Ich weiß es nicht.

Das Attest des überraschend rücksichtsvollen und mitfühlenden Arztes war nicht von Interesse für die Exekutive. Die Dienstaufsichtsbeschwerde wurde fallen gelassen. Vermutlich schneller, als mein Auge heilen konnte.

Mascha, wenn wir schon dabei sind, kann ich dir auch noch erzählen, dass ich sogar schon im Gefängnis war. Daran ist der Junge mit den Augen schuld. Oder ich. Nein, das System. An irgendeinem Abend, am Hauptbahnhof der verhassten Stadt, hab ich mal einen Nazi geschlagen, die braune Sau hat mich dann angezeigt und die Anklageschrift lautete schwere Körperverletzung. Der Richter wollte, dass ich mich entschuldige, auch der Mann von der Jugendgerichtshilfe versuchte, mich davon zu überzeugen, meine Strafe noch abmildern zu können, wenn ich denn Reue zeige. Nur hab ich das nicht bereut. Was soll man sonst mit Nazis machen? Reden? Sicher nicht. Wem sag ich das, du musstest dein Berlin verlassen, Deutschland verlassen, deine Karriere wurde ausgelöscht, ein *paar leuchtende Jahre,* dann wurde es braun.

Mit Nazis redet man nicht, ein Grundsatz, der mir erhalten blieb. Er galt 2000 und gilt auch jetzt. Schwere Körperverletzung ist lächerlich, ich hab ihm eine gescheuert, seine Brille kaputt getreten und ihm seinen «Europa-Tournee 1939–1945»-Button von der Jacke gerissen. Das war alles. Mir wäre durchaus mehr eingefallen. Die Strafe konnte sich sehen lassen, 100 gemeinnützige Arbeitsstunden und ein Anti-Aggressions-Training. In dem waren außer mir fünf junge Männer, Teenager zwischen 16 und 18. Ein Teilnehmer, das weiß ich noch, hatte einen Mann krankenhausreif geschlagen, weil dieser sich weigerte, ihm eine Zigarette zu geben. Ein anderer sprach kein Wort, die ganzen acht Treffen lang nicht. Warum er und die anderen drei dort waren, habe ich vergessen. Ich passte da absolut nicht rein, fühlte mich wie eine Maus im Affengehege. Gewalt befürwortete ich absolut nicht, außer gegen Nazis und Gegenstände. Tolle Systemsprengerin. Das Training habe ich erfolgreich absolviert, die Wut haben sie mir aber nicht ausgetrieben, die kam schließlich, als die Liebe ging, und die Liebe konnte mir auch kein Training mit zwei überforderten Sozialpädagog*innen wiederbringen. Die 100 Arbeitsstunden ignorierte ich einfach. Hatte anderweitig zu tun, musste mich nach dem Jungen mit den Augen sehnen, versuchen, ihn in belanglosen Liebeleien zu vergessen, das war zeitaufwendig, da blieb kein Raum für Sozialstunden. Beim Betteln um Geld hatte ich mehr Erfolg als beim Betteln um Liebe, und so saß ich eines Nachts betrunken, verzweifelt und bitterlich weinend im Hauptbahnhof der verhassten Stadt. Natürlich kam die Polizei, und natürlich wollten sie zum 300. Mal in meinem jungen Leben meine Ausweispapiere sehen. Die Kontrolle endete anders als die 299 davor, stellten sie doch fest: «Hier liegt ein Haftbefehl vor.» War mir ganz egal. Wollte nur wissen, ob sie denn jemals geliebt hätten, wenn ja, dann wüssten sie doch, was ich durchmache. Vier Tage musste ich in den Jugendarrest, weil ich die 100 Arbeitsstunden einfach ignoriert hatte. Vier Tage habe ich durchgeweint. Meine Zellengenossin schrie mich an, sie könne das Gejaule nicht mehr hören, ich solle mal klarkommen. Hab ich eben leiser geweint, aufgehört habe ich nicht.

Mascha, jetzt pass mal auf, denn ich habe auch eine lustige Anekdote im Angebot! Also: Mein damaliger bester Freund Pinsel und ich waren verabredet, wir wollten doch tatsächlich Kaffee trinken gehen. Mal ein wenig gesittet. Nur fiel fast jede unserer Verabredungen ins Wasser, einer von uns beiden war immer zu betrunken, schlief noch oder hatte es schlicht vergessen. Diesmal würden wir die Verabredung einhalten, so ein Kaffee unter Punkern, das war bindend. An jenem Kaffeetrinktag bekam ich ganz unerwartet meine Periode. Was tun? Ich ging in den nächsten Drogeriemarkt und nahm mir ein paar Tampons aus der Verpackung. Also ohne zu bezahlen, du verstehst. Auf dem Weg nach draußen berührte mich jemand an der Schulter, und das übliche Prozedere begann seinen Lauf zu nehmen: «Bitte mitkommen, Taschen leeren, Ausweis, Polizei kommt gleich.» Saß ich also wieder auf einer Wache, anstatt mit Pinsel vor einem schwarzen Kaffee. Und dann, es ist nicht zu fassen, dann seh ich plötzlich einen grünen Irokesenschnitt zur Tür reinkommen, und Pinsel wird von zwei Polizisten in den Vorraum der Polizeiwache geleitet. Wir mussten so lachen und hätten eigentlich erwartet, noch Kaffee angeboten zu bekommen.

Wenn ich mein Leben hier so resümiere, muss ich selbst ab und an den Kopf schütteln, was war denn das? Unglaublich, wie viel Gegenwart man aushalten muss, bis sie Erinnerung wird.

URSACHE UNBEKANNT

«… a refugee, committed suicide.
The cause is unknown.»
NEW YORKER ZEITUNGSNOTIZ

Früh wachst du auf mit schwarzumflorter Ahnung.
Die Post bringt nichts als eine Schuldenmahnung.
Wo bleibt der Rest? Wer wartet noch darauf …
An solchem Tag dreht man den Gashahn auf.

O, dieser Stunden Qual, da nichts geschieht.
Kein Wort, kein Schritt, kein hoffnungsvolles Läuten.
Du bist vergessen wie ein altes Lied
Von all den Ohren, die die Welt bedeuten.

Wie groß summieren sich die «kleinen» Qualen.
Nicht mal den Doktor konntest du bezahlen.
So müde macht dies bisschen Lebenslauf …
An solchem Tag dreht man den Gashahn auf.

Da hilft es nichts, dass man sich wie ein Kind
An Worte hängt, die bunt und tröstlich klingen.
Was sollen dir die sogenannten Schwingen
In einem Kampf, den nur die Faust gewinnt.

Da bleibt nur dies: sich selbst davonzulaufen
Und fremd im Regen durch die Nacht zu wehn.
Fürs letzte Geld den letzten Trunk zu kaufen,
Und dann dem Leben aus dem Weg zu gehn.

Ich springe vom Balkon, ich nehme all meine Beruhigungstabletten auf einmal, ich schneide mich – diesmal an der richtigen Stelle! Ich laufe vor ein Auto, mich seht ihr nicht mehr, das wars mit mir und dem Leben. Hättet ihr mich mal mehr geliebt, wärt ihr mal dagewesen, hättet ihr mich nur verstanden, aber nein, nein, immer bin ich nur die Verrückte, die zu schnell in die Luft geht, die sich alles so zu Herzen nimmt, so ist doch kein Gespräch möglich, bla bla bla, ihr werdet noch weinen, weinen werdet ihr. Ich habe es euch doch immer wieder gesagt, hättet ihr mir mal geglaubt.

Ich wollte doch nur Liebe, Sicherheit und ein Zuhause, aber ihr wart ja nicht nicht bereit, mir dies zu geben.

Sylvia Plath, die müsstest du noch kennen, Mascha, die hat 1963 den Gashahn aufgedreht und ihren Kopf in den Backofen gesteckt. Mit gerade mal 30 Jahren. Unzählige Male habe ich damit gedroht. Meinen Freund*innen, dem jeweiligen Herzbesetzer, meinem Vater. Was bin ich meinen Freund*innen dankbar, den Schmerz hinter diesen Drohungen gemeinsam mit mir erforscht, geteilt und ausgehalten zu haben und auch in der größten Verzweiflung an meiner Seite geblieben zu sein. Was bin ich mir selbst dankbar, diesen obigen Brief für die Schublade geschrieben zu haben.

Den Tod hab ich mal grauenhaft gefürchtet, mittlerweile ist er mir auch Trost. Nicht mehr alle vier Jahreszeiten in einer Stunde durchleben. Gar nichts mehr fühlen. Er ist der Notausgang, den ich nie freiwillig nehmen werde, dessen Existenz aber beruhigend auf mich wirkt.

In deinem Tagebuch hast du mal geschrieben *Ich bin schrecklich sensibel, und bin verflucht (oder gesegnet), Freud und Leid tausendfach tiefer zu empfinden als die meisten anderen Menschen, die ich kenne.* Hättest du mich kennengelernt wäre ich eine derer gewesen, bei denen es auch so ist. Dieses ununterbrochene Fühlen, es geht mir oft maßlos auf die Nerven. Wenn ich Musik höre, tanze ich entweder durchs Zimmer, singe mit und bin von einer Fröhlichkeit und Lebenslust besetzt, die einmal im Leben zu spüren Menschenrecht sein sollte. Ist die Musik jedoch melancholisch und drückt einen Erinnerungsknopf, dann bin ich ein Häufchen Elend und tue mir selbst außergewöhnlich doll leid. Diese Emotionen werden binnen Sekunden ausgelöst und es dauert, zumindest beim Elend, dreifach so lange mich da wieder rauszuziehen. Sich an Kleinigkeiten erfreuen zu können wie ein Kind, wenn es das erste Mal auf einem blinkenden Jahrmarkt steht, ist ein Geschenk. Trauern, ohne zu wissen, worum, ist eine Bürde. Bürde, wer redet denn noch so? Du färbst ab.

Ich habe verschiedene Diagnosen erhalten: Borderline – natürlich, alle lauten, stark fühlenden, leidenschaftlichen und impulsiven Frauen erhalten irgendwann in ihrem Leben eine Borderline-Diagnose. Als ich deine Biografie gelesen habe, hab ich auch sofort «Borderline?» mit

Bleistift an den Rand gekritzelt. Alles pathologisieren zu wollen, ist die Mode meiner Zeit. Eine misogyne Mode. Wie oft habe ich selbst schon bei Frauen gedacht, ah, bestimmt Borderline, aber bei Männern? Das kann ich an ein bis drei Fingern abzählen. Früher hieß das Hysterie. Diagnose: Gebärmutter ist in den Kopf gewandert. Borderline scheint die Hysterie der Postmoderne.

Weiter geht's mit generalisierter Angststörung, Zwangsstörung, mittelschwere depressive Episode. Einmal das ganze Paket, das halbe ICD-10 rauf und runter. Mein Eindruck ist, dass nicht genau geguckt wird, die Praxen sind überlastet, in meinem Freundeskreis wartet jede zweite Person dringend und mit enormem Leidensdruck auf einen psychiatrischen Termin oder darauf, ein Therapie-Erstgespräch wahrnehmen zu dürfen. Wie schon im großen kalten Haus wird Hilfe nicht gewährt. Weil ich schon so lange im psychiatrischen Hilfesystem bin, teile ich diese Sorgen nicht. Alle drei Monate hole ich mir meine Rezepte für mein Antidepressivum und mein Bedarfsmedikament ab. Das Bedarfsmedikament ist die einzige Droge, die ich noch nehme. Meine einzige Möglichkeit, diesen anstrengenden Kopf mal für ein paar Stunden zum Schweigen zu bringen. Über Falschdiagnosen denke ich häufig nach und darüber, wie mein und viele andere Leben verlaufen wären, hätten Ärzt*innen sich nicht vorurteilsgeleitet eines ihrer fünf häufigsten Codes bedient. ADHS und Autismus zum Beispiel, im Internet finden sich viele Witze darüber, dass über Nacht scheinbar alle Autismus oder ADHS bekommen hätten. Die aktuelle

Häufung legt den Gedanken auch nahe. Doch vielleicht und viel wahrscheinlicher ist es einfach – wie bei so vielen Themen –, wenn endlich drüber gesprochen wird, wenn etwas endlich einen Namen bekommt, dann liest man eben überall davon, Gott sei Dank. Als 1971 im «Stern» 374 Frauen verkündeten: *Wir haben abgetrieben*, war das eine unglaubliche Befreiung für viele Menschen, die stillschweigend, heimlich, sogar unter riskanten Umständen abgetrieben hatten. Das Glücksgefühl, Worte für ein diffuses, als singulär erlebtes Gefühl zu erhalten, lässt sich mit der Freude und Leichtigkeit vergleichen, wenn ich Schlager singend durch die Wohnung tanze. Zu deiner Zeit, Mascha, gab es zahlreiche schöne Wörter, «wohlgeraten, Zierde, Trippelschritte», das sind nur Beispiele, ich liebe viele, viele Wörter deiner Zeit. In meiner Zeit gibt es dafür viele Wörter für Sprachlosigkeiten. Wörter für psychische Erkrankungen, für ungesunde Beziehungen, für psychische Gewalt, für Gehirne, die anders ticken. Das ist sehr befreiend und ermächtigend.

Mit Mitte 20 habe ich erfahren, dass ein Krankheitsbild existiert, das aus Zwängen besteht. Waschzwänge, Kontrollzwänge, Gedankenzwänge. Als ich als Kind das Schicksal in Form von roten Ampeln und nicht zu berührenden Pflastersteinritzen herausforderte, litt ich also unter Zwängen. Magisches Denken und Zwänge sind oft Geschwister. Es gab mal eine Zeit, so von 19 bis Mitte 20, da war ich täglich überzeugt davon, am nächsten Tag sterben zu müssen. Die Ampeln und Pflastersteine wurden gegen Wörter ausgetauscht. Wörter, die ich, sobald der Gedanke «morgen stirbst du» sich in meinem Kopf niederließ, zur Neutralisierung vor mich hinsprechen musste. «Nein, nein, stopp, stopp.» Geraten wird, diese Gedanken nicht zu unterdrücken, sie nicht zu neutralisieren, sie nebenherlaufen zu lassen. Nur wie soll ich mich zum Beispiel beim Kellnern auf die Bestellungen konzentrieren, mir die Extrawünsche, «bitte sehr schaumig den Cappuccino», «bitte den Salat ohne Oliven», merken, wenn mein Kopf ununterbrochen verlangt, «nein, nein, stopp, stopp» zu sagen, weil ich sonst morgen sterbe. Bei ausgeprägten Zwangserkrankungen helfen nur noch Tabletten. Nur noch klingt so tragisch, ach ja, das letzte Zipfelchen Hoffnung, wenn es denn sein muss …

Hätten sie mir doch einfach mit 15 schon Antidepressiva verschrieben. Damals, als die Gedanken in meinem Kopf anfingen, mich derart zu malträtieren, dass ein Alltag nicht mehr möglich war. Monate meiner Jugend wurden mir gestohlen, weil ich keine adäquate Hilfe erfuhr. Kreativ ging es zu in meinem Oberstübchen. Ich hatte Angst davor zu essen, zu trinken und (okay, eigentlich eine gesunde Angst) zu rauchen. Ein Getränk, das offen herumstand, hätte mit LSD vergiftet sein können, das Gleiche galt für nicht selbst zubereitetes Essen. Meinen Zigaretten hätte jemand Krümel von Haschisch beimengen können. Alles, worüber ich keine Kontrolle hatte, war potenziell vergiftet. War es ein Jahr vorher noch mein größter Traum gewesen, die Christiane F. des neuen Jahrtausends zu werden, so hatte ich nun panische Angst vor einem Drogentrip.

Angst vor der Angst. Hatte ich doch erlebt, was passiert, wenn einem unwissentlich Drogen zugeführt werden:

In meiner Erinnerung hatte ich höchstens drei Dosen Bier getrunken und einen Joint geraucht. Jedoch kann der Konsum dieser zwei Substanzen nicht erklären, was dann geschah. Etwas angetrunken und bekifft machte ich mich an einem Spätsommertag im Stadtpark der verhassten Stadt, wo ich mit ein paar Punkern rumhing, auf die Suche nach einer Zigarette. Doch statt der Menschen, die ihren Hunden Stöckchen zuwarfen oder eine frische Wurst auf den Grill legten, fand ich Statuen vor. Statuen in ebenjener Position, die die Menschen vorher eingenommen hatten: Mensch, der zum Stockwurf ausholt, Hund, der zum Rennen bereit ist, Mensch, der ein Würstchen in der Hand hält. Nur alle aus Stein. Kannst du dir das vorstellen? Ich schwerlich, obwohl ich dabei war. Für eine solche Situation gibt es kein Handbuch. Meiner Unerschrockenheit – die mir bald abhandenkommen sollte – war es zu verdanken, dass ich mich verwundert, aber relativ unbeeindruckt wieder auf die Wiese im Park legte. Einfach kurz in den mittlerweile grauen, wolkenverhangenen Himmel gucken, mich beruhigen und dann nochmal auf Zigarettensuche gehen, so mein Plan. Dann aber, Mascha, begann der Himmel sich mir zu nähern, er kam auf mich runter. Ich versuchte, die Wolken zu greifen. So weich, vielleicht konnte ich sie als Kissen nutzen? Niemals konnten diese Halluzinationen durch Alkohol und Gras ausgelöst worden sein.

Einer der Punker musste mir etwas in die Bierdose gemischt haben. Wollte ich eben noch mit den Wolken kuscheln, so erklärte ich sie kurz darauf zu meinen Feinden. Selbst schuld, was wurden sie auch plötzlich so wütend und platzten auf. Oder weinten sie etwa? Nein, nein, die Welt ging unter, das war los. Und von da an war es dann vorbei mit meiner Unerschrockenheit. Ich meinte, die Angst der umherlaufenden Menschen im Park zu spüren, mein Herz raste, würde es rausspringen, bevor die Welt untergeht? Wo waren die Statuen hin? Und gab es nicht mal einen Typen namens Nostradamus, der die Niederkunft eines Donnergottes prophezeit hatte? Ich lief los. Der Angst davon, mit meinem rasenden Herzen, na, wer ist schneller, doofes Herz? Ich lief der Apokalypse davon in einen Hausflur rein. Es donnerte, blitzte, ja, die Wolken waren wütend, das gesamte Universum barst, ich würde sterben, die Welt würde sterben, meine Mama würde sterben, mein Papa würde sterben. Alle werden tot sein.

Die Welt ist nicht gestorben und ich auch nicht. Stattdessen bin ich eingeschlafen und von einem sehr lieben, hilfsbereiten Hippie geweckt worden. Einem Mann mit langen Haaren, Strickweste, Bart und vor allem einem Mann ohne Interesse, in mich einzudringen. Der liebe Hippiemann nahm mich mit in seine Wohnung, kochte mir einen Tee, drehte mir eine Zigarette und sagte: «Erzähl oder erzähl auch nicht, aber ruh dich aus.»

Die Angst und ich hatten uns damals ja für ein, zwei Jahre getrennt. Für mich war die Trennung endgültig, die Angst aber hatte es wohl lediglich als Beziehungspause verstanden. Sie war wieder bei mir. Und sie hatte die Wut mitgebracht.

Eine Wut, die sich in kaputten Türen, Löchern in den Wänden, zersplittertem Geschirr und meinem Kopf gegen diverse Türrahmen manifestierte. Das wütende Bündel, in das ich mich verwandelt hatte, schrie sie alle an, schrie von Hass und Ekel und Wichser und Arschlöcher und alles egal und sterbt doch und kommt mir nicht zu nahe, sonst lernt ihr mich erst richtig kennen. Mit dem wütenden, unberechenbaren Geschöpf, das aus mir geworden war, in einer Gemeinschaft zu leben, war zu störend für das Gleichgewicht jener. Mit einer Systemsprengerin im Haus, war es unmöglich der Verantwortung den anderen Jugendlichen gegenüber gerecht zu werden.

Meine Betreuer*innen teilten meinem Vater mit, dass sie nur noch die Einweisung in eine Psychiatrie als Hilfe in der aktuellen Situation sähen. Zu meinem Vater wollte ich nicht. Er lebte mittlerweile auf dem Land nahe der verhassten Stadt. Hatte dort ein kleines heruntergekommenes Haus gekauft, das nie fertig saniert wurde. Ihm war sowas egal, er brauchte seinen Kaffee, seinen Wein, seinen Tabak, seine Gitarre, seine Ölfarben, seine Leinwände, seine Kamera und ein vollgetanktes Auto. Er war da genügsam. Ich dagegen wollte nicht am Ende der Welt mit Dusche im Garten und ohne Nahverkehrsanschluss leben. Und am allerwenigsten wollte ich das Risiko eingehen, meine Mutter zu verärgern. Wollte sie auch keinen Kontakt mehr zu mir, so war mir dennoch klar, würde ich zu ihm ziehen, würde sie mir das nie verzeihen. Dass ich es überhaupt gewagt hatte, auf seine Kontaktversuche zu reagieren, war ihr sicherlich Verrat genug. Irgendwo zwischen all der Wut und der Angst schlummerte noch die Hoffnung, die Verbindung zu meiner Mutter wiederherstellen zu können. Und zöge ich zu meinem Vater, könnte ich diese Hoffnung endgültig begraben. Hatte sie mich doch Jahre vorher, mit dem Einzug ins große kalte Haus, vor die Wahl gestellt: dein Vater oder ich. Solange sie in meinem Leben war, hielt ich mich an dieses Kontaktverbot. Das war sie nun aber nicht mehr. Und deshalb reagierte ich auf einen Kontaktversuch meines Vaters zu meinem 15. Geburtstag. Seitdem trafen wir uns ein, zwei Mal die Woche auf einen Espresso (Papa) und Cappuccino (ich). Er gab mir Taschengeld, ich erweiterte mein Schimpfwortrepertoire, wenn er mir materielle Wünsche verweigerte. Wie eng unsere Bindung noch einmal werden würde, ja, dass wir in ferner Zukunft sogar noch einmal Senfei-Tage teilen würden, das war für niemanden zu erahnen.

Ich drohte zu zerfallen. Allein die Wut hielt mich aufrecht. Mit dieser Wut wusste er nicht umzugehen. Entzog sich ihr, wenn sie zu arg wurde.

Geliebt hat er mich auch in dieser schwersten Zeit, nur hat seine Liebe allein nicht gereicht, ich hätte Hilfe in Form eines stabilen Zuhauses gebraucht. Das konnte er mir nicht sein, das konnte er mir nicht geben.

Bei einem Vorgespräch in der Psychiatrie erschien mir die zuständige Psychologin derart inkompetent und ungeeignet, dass ich sicher war, hier (wieder mal) keine Hilfe erwarten zu können. Sie hatte diese sanfte Psycholog*innenstimme, ein Graus. Und das dazu passende orange, locker sitzende Leinenoberteil. Leicht vorgebeugt, mit gefalteten Händen fragte sie mich mit ihrer sanften Stimme: «Du bist ja sehr, sehr wütend, kannst du denn sagen, was genau dich so wütend macht?» «Du! Du dumme Sau!» Und weg war ich. Was sollte die mir helfen? Es war November, es war kalt, ich hatte Angst, ich war wütend, ich war wieder mal obdachlos. Mein Vater war überfordert. Meine Mutter wollte mich nicht mehr sehen. Und da wagte es diese leinenbekleidete, in sich ruhende Möchtegernnymphe zu fragen, warum ich so wütend sei?

Ich bin auf Filterzigaretten umgestiegen in der Zeit dieser Vergiftungsangst, in Tabak lässt sich nämlich viel leichter etwas untermischen. Lucky Strike, die trug ich dann immer unterm Rock- oder Hosenbund.

Statt in der Psychiatrie bin ich dann erstmal bei Leuten aus der Punkerszene untergekommen. Wie gesagt, irgendjemand hatte immer eine Wohnung. Die Kombination aus meiner Vergiftungsangst und dem Angewiesensein auf die Wohnungen anderer Menschen war verheerend für meine Psyche. Ich traute mich dort weder etwas zu trinken noch etwas zu essen. Vom erschnorrten Geld kaufte ich mir, neben Lucky Strike, meist Getränkedosen, weil ich dort sicher sein konnte, dass niemand sie vorher aufgedreht hatte, diese trank ich sofort aus, was für die nächsten paar Stunden reichen musste. Zu essen kaufte ich abgepacktes Brot und Belag, nachdem beides geöffnet war, schenkte ich es den anderen und kaufte mir erst neues, wenn der Hunger übermächtig wurde. Das Einhalten meiner diversen Sicherheitsvorkehrungen stellte eine zehrende und aufwendige Prozedur dar. Einen ganzen Winter ging das so. Schnorren, verschlossene Lebensmittel und Getränke kaufen, geöffnete verschenken, Hosenbund prüfen, erneut schnorren, verschlossene Lebensmittel und Getränke kaufen, geöffnete verschenken, Hosenbund prüfen.

Schließlich entschied sich das Jugendamt, mir eine eigene Wohnung zuzuteilen. Eigentlich ist das vor dem 16. Geburtstag zwar völlig unüblich, doch ihnen fiel keine Alternative mehr ein. Sie waren alle überfordert mit mir, auch ich selbst.

Wieder war es Ute, die dennoch blieb. Einmal wöchentlich kam sie als Einzelfallbetreuerin zu Besuch, um mit mir Finanzen, Termine und Sorgen durchzusprechen. Mit Bezug dieser Wohnung besserte sich dann sukzessive mein zwanghaftes Ess-, Trink- und Rauchverhalten. Zunächst traute ich mich in meiner Wohnung wieder, Zigaretten aus einer bereits geöffneten Schachtel, die nicht in meinem Hosenbund festgemacht war, zu rauchen. Dann traute ich mich, zu kochen und auch noch einen Tag später davon zu essen. Vorausgesetzt, ich hatte keinen Besuch erhalten. Das Schwierigste war das Trinken, doch bis zum Sommer hatte ich mir auch das wieder angeeignet. Diese Zwänge habe ich ganz alleine überwunden. Das wird mir jetzt erst klar, wo ich es Revue passieren lasse. Jetzt bin ich stolz und will mich belohnen. Also geh ich ins Bordbistro und kaufe mir einen Cappuccino, vielleicht haben sie sogar Kuchen, das wäre es ja. Für all die Kuchen und Heißgetränke, die ich mir mit 15 verwehrt habe. Die Anfälligkeit für Zwangsproblematiken liegt sicher in der Zeit des kalten Hauses begründet. Oder sogar noch früher. Die Angst hat mich ja schon immer begleitet. Wenn ich also mit Beginn des Vergiftungswahns gleich Antidepressiva verschrieben bekommen hätte, vielleicht wäre ihnen dann eher Einhalt geboten worden? Vermutungen, Vermutungen, ich bin ja keine Psychiaterin.

Das bisschen Lebenslauf hatte mich bereits nach 16 Lebensjahren sehr *ermüdet*. Meine Selbstverletzungen aber blieben Hilfeschreie. Diesem Leben, das zu verlieren ich so fürchtete, wollte ich nicht wirklich entkommen. Nur der aus Kälte und Angst bestehenden Wirklichkeit. Ich wollte den Lippen meiner Mutter ein «Komm rein, ich halt dich fest» entweichen sehen. Ich schrie die Welt zusammen. Erzählte allen von meiner Wut, von meiner verlorenen Geborgenheit, von dem, was hätte sein können, von dem, was nie wieder sein wird. Ich wollte doch bloß ihre Liebe wiederhaben. Sie sollte die Decke sein, die mich ein Leben lang umhüllt. Vielleicht wollte ich schon immer zu viel von ihr? Nein. Ich sehe an Natalie, dass es möglich ist, seinen Kindern eine große Daunendecke zu sein. Meine Mutter muss sich oft furchtbar alleine fühlen, wie gerne würde ich sie dann zudecken, ihr eine heiße Wärmflasche ans Fußende des Bettes legen oder einfach für sie da sein. Denn wer könnte das besser als ich? Die mit allem, was sie fühlt, immer nur zu ihr zurückwollte?

Zu der, die sie mal war. Ob es die noch gibt?

ALTE FLAMME BEI LICHTE BESEHEN …

Das also ist der Abgott, der vor Jahren
Mein Herz bewohnte einen Sommer lang!
– Und dies die Augen, dies der Stimme Klang,
Die meinem Leben Licht und Kompaß waren …
Man denke, einen ganzen Sommer lang!

Gebrochne Herzen waren aus der Mode.
Doch ich, ein völlig unmodernes Kind,
Ich wartete im Regen und im Wind
Und sehnte einen Herbst lang mich zu Tode.
Erst heute sehe ich: Monsieur, Sie sind
Ein Jammer-Denkmal jener Episode.

… Ist das der Held von damals? Dieser zahme
Herr Doktor, seiner Gattin Untertan?
Verlorner Schlachten müder Veteran:
Ich geh an dir vorbei (du, dessen Name
Mein Herz einst brausen ließ wie ein Orkan!)
Und bleib incognito, «die fremde Dame».
– So ähnlich endet mehr als ein Roman.

Ich liebte mal zwei durstige *Helden*. Den Jungen mit den Augen und Manuel. Nicht zur gleichen Zeit. Und so richtig geliebt hab ich auch nur den Jungen mit den Augen. Trotzdem blieb ich über zwei Jahre mit Manuel zusammen.

Mit Manuel, der aussah wie Boris Becker in Jung und der innerhalb unserer gemeinsamen Zeit aufquoll wie Boris Becker in Alt. Jenes Aufquellen, das täglicher übermäßiger Alkoholkonsum mit sich bringt.

In seiner Mini-Küche mit Vorhang zum Wohnzimmer hat Manuel mir mal vor die Füße gepisst. Während er auf seinen schwarz-weißen PVC-Boden pisste, sah er mir starr in die Augen. Provokant, als wolle er mir was beweisen. Er pisste mir seine Verachtung vor die Füße, ein paar Spritzer landeten sogar auf ihnen. *So enden nicht mal Romane.* Sowas passiert eigentlich nicht. Wenn er so betrunken war wie an diesem Abend, bekam er einen dämonischen Blick, in dem immer Verachtung lag. Hätte er mich verwünschen können, er hätte es getan. War er nüchtern, brachte er mir Kaffee und Pfannkuchen ans Bett, kochte jedes Gericht, das ich mir wünschte, machte mir Komplimente, versuchte mir zumindest ein paar meiner 100 Ängste zu nehmen, und vor allem beteuerte er, mich zu lieben. Das reichte, um zu bleiben.

Am nächsten Tag tat ihm alles leid. Zwar erinnerte er sich an nichts, doch immerhin glaubte er mir, der Alkohol, das sei ja nicht er, nur müsse er eben manchmal fliehen aus der Realität. Seine Realitätsflucht verwandelte meine Realität in einen Horrorfilm. Wie konnte es überhaupt passieren, dass ich nach dem Jungen mit den Augen wieder in so einer Nummer gelandet war? Wenn ich von Gewalt in Beziehungen las oder hörte, habe ich mich nie angesprochen gefühlt. Das ist schrecklich und falsch, aber nicht Teil meines Lebens. Nur was müsste passieren, damit ich mir zugestehe, Gewalt in Beziehungen erfahren zu haben? Wann ist es gewaltvoll genug? Ich dachte immer, man müsse geschlagen werden. Das bisschen auf mir sitzen und mich würgen, weil ich darum bitte, nicht betrunken Auto zu fahren, das war doch keine Gewalt. War es doch.

Sowohl der Junge mit den Augen als auch Manuel bestanden aus zwei Persönlichkeiten. Der nüchternen und der alkoholisierten. Diese Persönlichkeiten hatten wenig miteinander gemein. Nicht mal das Aussehen. Manuels dämonischen Blick kannte ich schon. Jahre vor ihm hatten sich – unter Alkoholeinfluss – bereits die schönsten aller Augen verwandelt, bevor die Hände ihres Besitzers sich um meinen Hals legten und begannen, mir die Luft abzudrücken. Wenn ich so darüber nachdenke, dann waren mir die Verachtung und die Wut in ihrer beider Blick nicht unbekannt.

Auch meine Mutter hatte mich schon mit diesem Blick bedacht. Wenn ich fünf Minuten zu spät nach Hause gekommen war, eine Notlüge angewandt, mir heimlich eine Cola aus dem Kühlschrank genommen hatte. Kleine Fehlverhalten, die allein durch ihren Blick die Abwertung meiner gesamten Persönlichkeit zur Folge hatten. Und es geht ja noch weiter, auch meine Mutter bestand aus zwei Persönlichkeiten, der jungen, liebenden Mutter aus der Zeit der Geborgenheit der frühen Jahre und der kalten, verachtenden, distanzierten Mutter, als alles gänzlich anders wurde. Dachte ich, wenn ich es schaffe, Manuel und den Jungen mit den Augen vom Alkohol abzubringen, könnte ich auch meiner Mutter die Kälte austreiben? Es wäre eine Erklärung, warum ich mit beiden jahrelang zusammenblieb, die Hoffnung nicht aufgab, jeden Gewaltakt immer wieder verziehen und Gewalt nicht als Gewalt benannt habe. Ich *sehnte mich mehr als einen Herbst lang zu Tode,* ich sehne mich seit 30 Jahren.

Manuel und der Junge mit den Augen, ich vermische sie in Gedanken oftmals, zu viel ist deckungsgleich, ihre Alkoholpersönlichkeiten verschmelzen zu einer Einheit. Beide beteuerten sie alle paar Monate nach einem besonders schlimmen Rausch erneut, nun die Finger vom Alkohol lassen zu wollen. Diesmal echt. Versprochen.

Die absurdeste Situation, an die ich mich erinnere, habe ich mit Manuel erlebt. Manuel war Waffenfan. Ich fand und finde Waffen ekelhaft und gefährlich, Manuel fand sie anziehend. Es war sein großer Traum, Besitzer einer Gaspistole zu werden. Sogar mitfinanziert hatte ich sie. Unglaublich. Wenn er sie sich doch derart innig wünschte, sollte er sie bekommen. Der Pistole wurde ein fester Platz auf dem Nachttisch in seiner kleinen 1,5-Zimmer-Wohnung zugewiesen. Wo andere Menschen ein Bild ihres Ehepartners aufstellen, fand sich bei Manuel nun eine Waffe. Hätte mich nicht gewundert, wenn er ihr einen Namen gegeben, sie mir vorgestellt und mit uns an den Wohnzimmertisch gesetzt hätte. «Das ist Leon, meine Knarre, bitte sei freundlich, er kann auch anders.» Mir machte diese Waffe Angst. Nun war der Dämon auch noch bewaffnet. Angeblich töten Gaspistolen nicht, vereinzelt haben sie dies aber doch schon geschafft.

«Ich schieße, wenn jemand reinkommt.» Weil Black Francis von den Pixies die Frage, wo sein Gehirn sei, den halben Mariendorfer Damm runterschrie, riefen Manuels Nachbarn die Polizei. Ihr Klingeln und Klopfen hatte er ignoriert und mir verboten zu reagieren. «Alle ein Haufen beschissener Spießer, wehe, du machst auf, *where is my mind.*» Da war er wieder, der Dämon. Und Manuel? Verschwunden. Circa 20 Stunden dauerte es jedes Mal, bis der Dämon Manuel wieder ausspuckte, um sich auszuruhen für die nächste Runde. Wenn Manuel gegen 16:00 anfing zu trinken und sich um 23:00 hinlegte, dann tauchte er meist gegen 12:00 mittags wieder auf. Rote Augen, zerzauste Haare, zerknirschter, schuldbewusster Blick. Da war er wieder der Manuel, *der mein Herz bewohnte* zwei *Sommer lang*. Am Morgen nachdem die Nachbarn die Polizei gerufen hatten, gesellten sich zur Zerknirschung und dem Schuldbewusstsein in seinem Blick noch Bestürzung, Fassungslosigkeit und Angst. Das erste Mal fiel das Wort Dämon. Und mir wurde klar, dass ich keine Dämonen-Bändigerin war. Ich hatte mich überschätzt. Uns beide. Hier würde ich keine Liebe mehr finden. Manuel weinte und bettelte, ich solle ihn nicht alleine lassen, er könne das nicht schaffen, er sei doch schon immer so alleine, und ich, ich sei ein dummes, feiges Arschloch. Hätte mir genommen, was ich brauchte, nur um dann abzuhauen und ihn dahinsiechen zu lassen. Ich konnte ihn nicht retten, konnte den Jungen mit den Augen nicht retten, konnte Holger nicht retten, ebenso wie ich meine 16-jährige Mutter nicht davor bewahren konnte, ein Baby zu bekommen. Mich selbst aber konnte ich vielleicht noch retten, wer weiß. Ich wollte es immerhin probieren. Wieder einmal.

Im Fliehen war ich Profi, Rucksäcke packen beherrschte ich wie Tetris spielen. Nach zwei Jahren, in denen ich erfuhr, wie es sich anfühlt, wenn der, den du zu lieben meinst, dir verachtend auf die Füße pisst. Nach zwei Jahren, in denen ich alle paar Wochen beinah Todesangst, abwechselnd um ihn und um mich, hatte, nach diesen zwei Jahren ging ich einfach. Seine Nummer habe ich blockiert, Freund*innen angewiesen, es ebenso zu halten, und ihn alleine gelassen mit seinem Dämon. Ich blieb *inkognito*.

Diese Angst, die ich gespürt hatte, am Abend bevor ich ihn verstört, wie nach einem Exorzismus, im Abschnitt 47 der Polizeidirektion Berlin abholte, hat einen Selbsterhaltungstrieb in mir geweckt.

Ein paar Minuten nachdem er mir verboten hatte, auf die Nachbarn zu reagieren, veränderte sich das Klopfen, es wurde bestimmter, und die Erklärung für diese Vehemenz lautete: «Hier ist die Polizei, öffnen Sie jetzt die Tür.» Ich weinte, dass ich ja wolle, aber nicht könne, und wenn sie jetzt gingen, dann, verspreche ich, wird die Musik auch gleich aus sein. Manuel hatte sich mit seinem Nachttisch-Accessoire im Wohnzimmer verschanzt. Wenn ich die Tür öffnete, drohte er, dann würde er schießen. Es gibt Momente, in denen weine ich wie ein Tier. Bisher kamen diese Laute zum Vorschein, wenn ich verlassen wurde, als Nick seine Diagnose bekam, als mein Papa starb und an jenem Abend, als ich eingesperrt zwischen zwei Türen, mit der Angst, erschossen zu werden, in einem Flur kauerte. Manuel hatte seine Gaspistole, die Polizei ihre richtigen Pistolen. Wie im Film haben sie erst die Wohnungstür und danach die Wohnzimmertür eingetreten und Manuel überwältigt.

Während Manuel sich mit den Beinen zappelnd und «ihr verdammten Nazi-Spießer-Schweine» schreiend versuchte zur Wehr zu setzen, konnte ich nicht aufhören zu weinen und «Hilfe, Hilfe» zu schreien. Wer helfen sollte? Keine Ahnung, Hauptsache, Hilfe. Ich hasste die auch, niemandem war ich je so ausgeliefert wie den Bullen. Auch ich lag schon mit gefesselten Armen und Knien im Rücken auf dem Boden. Doch in diesem Moment hasste ich ihn mehr. War ich doch 2, 3, 10, 30 Minuten lang überzeugt gewesen, erschossen zu werden. Und warum? Weil Manuel zu viel getrunken hatte.

Angezogen hatten mich an Manuel: seine Augen (wieder mal), seine Empathie und seine Fantasie. Ergriff der Dämon Besitz von ihm, blieb davon nichts mehr übrig. Da war er nur noch *verlorner Schlachten müder Veteran.*

Worin ich Manuel und dem Jungen mit den Augen ähnle, ist: Trinke ich Alkohol, was ich seit bald zehn Jahren nicht mehr tue, verändert sich meine gesamte Persönlichkeit. Mein Ich ist nicht mehr auffindbar. Ich kann keinen Schluck trinken, ohne nach dem nächsten zu gieren und dem übernächsten und dem überübernächsten und immer so weiter, bis nichts mehr übrig ist von meinem Ich. Das kann man niemandem antun, auch einem selbst nicht. Der darauffolgende Kater mündete immer in einer kaum zu ertragenden Mischung aus Scham, Selbsthass und Selbstmitleid. Was bin ich froh, die Konsequenz gezogen und dieser Mischung Lebewohl gesagt zu haben. Nüchtern bin ich zwar *vierundzwanzig Stunden täglich* mit mir selbst konfrontiert und kann kaum jemals loslassen, mich selten entspannen, bin aber doch viele Male zufriedener.

DER NÄCHSTE MORGEN

Wir wachten auf. Die Sonne schien nur spärlich
Durch schmale Ritzen grauer Jalousien.
Du gähntest tief. … Und ich gesteh es ehrlich:
Es klang nicht schön. – Mir schien es jetzt erklärlich,
Dass Eheleute nicht in Liebe glühn.

Ich lag im Bett. Du blicktest in den Spiegel,
Vertieftest ins Rasieren dich diskret.
Du griffst nach Bürste und Pomadentiegel.
Ich sah dich schweigend an. Du trugst das Siegel
Des Ehemanns, wie er im Buche steht.

Wie plötzlich mich so viele Dinge störten!
– Das Zimmer, du, der halbverwelkte Strauß,
Die Gläser, die wir gestern Abend leerten,
Die Reste des Kompotts, das wir verzehrten.
… Das alles sieht am Morgen anders aus.

Beim Frühstück schwiegst du. (Widmend dich den Schrippen.)
– Das ist hygienisch, aber nicht sehr schön.
Ich sah die fette Röte deiner Lippen
Und sah dich Butterbrot in Kaffee stippen –
Und sowas kann ich auf den Tod nicht sehn!

Ich zog mich an. Du prüftest meine Beine.
– Es roch nach längst getrunkenem Kaffee.
Ich ging zur Tür. Mein Dienst begann um Neune.
Mir ahnte viel … Doch sagt' ich nur das Eine:
«Ich glaub', jetzt ist es höchste Zeit! Ich geh …»

In Lilli Palmers Biografie meine ich gelesen zu haben, das Beste daran, Aufregendes zu erleben, sei ja, es danach mit Freund*innen teilen zu können. Was hab ich mich da gesehen gefühlt. Viele Abenteuer habe ich nur erlebt, um irgendwann irgendwem, am liebsten allen, davon erzählen zu können.

Sex zum Beispiel hatte ich oft einfach deswegen, weil ich die Geschichten drum herum mein Eigen nennen wollte, sind die doch niemals versiegender Quell für Kicheranfälle, Erzählungen und *Weißt du nochs* mit Freund*innen.

Manche dieser Geschichten sind grandios, andere mäßig, aber erzählenswert sind alle. Es ist einfach was anderes, ob du dir angezogen am Küchentisch über die richtige Staatsform diskutierend gegenübersitzt und dir das Salz reichen lässt. Oder ob du nackt mit der Spucke des anderen auf dir in einem Bett, auf einem Boden, einem Tisch oder was weiß ich wo liegst. Da werden schon andere Grenzen überschritten. Eigentlich richtig merkwürdig, was man da so veranstaltet.

In der Nacht meines ersten Zungenkusses erlebte ich auch meinen ersten Sex. Die Unterscheidung Kuss ohne und Kuss mit Zunge ist von großer Bedeutung. Sowohl bei der Einordnung eines Vergehens in monogamen Beziehungen als auch bei den ersten sexuellen Erfahrungen. Das erste Mal mit Zunge küssen stellte eine Zäsur dar. Die Zeit der Doktorspiele war vorbei, bald konnte das – seit geraumer Zeit im Geldbeutel mit rumgetragene – Kondom vielleicht tatsächlich benutzt werden. Gefühlt alle hatten schon mal mit Zunge geküsst, nur ich nicht.

In der Jugendschutzeinrichtung freundete ich mich mit Milena an. Milena nahm mich unter ihre Fittiche, sie versuchte mich zu schützen vor den Gefahren (genauer gesagt vor den Männern) des Hauptbahnhofes der verhassten Stadt, an dem wir unsere Tage verbrachten. Sie zeigte mir, wo man gut klauen konnte, ohne erwischt zu werden, welches Café einen immer aufs Klo ließ und welcher Typ einem 30 Mark dafür gab, dass man neben ihm die Fußgängerzone rauf und runter schlendert. Barfuß.

Dieser Mann war wirklich freundlich, nicht ganz dicht, aber freundlich (na, widerspricht sich ja auch nicht). Nicht mal reden wollte er für seine 30 Mark, einfach schlendern und dabei meine Füße bewundern. Unsere Füße, alleine ließ Milena mich nicht mit ihm, sie wusste schon, was ich bald lernen sollte, und passte daher ganz genau auf. Blicke ja, Berührungen nein. Milena hatte schon alles durchprobiert, ohne Zunge, mit Zunge, Schwanz im Mund, Penetration vorne, Penetration hinten, Sex mit Frauen. Wow.

Unser Gras (Milena teilte alles mit mir, ihre Zigaretten, ihr Gras, ihre Lebenserfahrung, ihren Fußfreier) besorgte sie immer bei einem Jungen namens Dariusz. Was für ein besonders schöner Name. Als Milena mich an einem Donnerstagabend (das weiß ich wirklich noch so genau) fragte, ob ich mal mitkommen wollte zu Dariusz, rief ich sofort: «JA, endlich lerne ich ihn mal kennen, den Dariusz, Dariusz, Dariusz.» Zusammen mit seiner Mutter wohnte er im 3. Stock eines Plattenbaus, die Gegend kannte ich leider zu gut. Befand sich doch das große kalte Haus direkt gegenüber dieser architektonischen Ungetüme. Als Dariusz uns die Tür öffnete und mir einen Blick mit dieser Mischung aus Süffisanz und Bewunderung zuwarf, der ich weder damals noch heute widerstehen konnte, das also hat sich nicht geändert, war alles klar.

Diese Wohnung würde ich verruchter und erwachsener verlassen, als ich sie betreten hatte. Es muss schon nach 22:00 gewesen sein, folglich hätten wir uns ohnehin in der Jugendschutzeinrichtung rechtfertigen müssen, warum wir zu spät waren, dann sollte sich der Ärger wenigstens lohnen. Milena schlug vor, was zu rauchen, bei Dariusz auf dem Sofa zu übernachten und am nächsten Tag etwas von verpassten Bahnen zu erzählen. Na klar, ein Abenteuer bei, nein, mit Dariusz, was Besseres konnte ich mir kaum vorstellen. Ich war 13, und niemand interessierte sich dafür, was ich tat. Freiheit, Abenteuer, die Welt war voller Möglichkeiten, ich war bereit. Milena schlief relativ schnell auf dem Sofa ein. Musste ich mich wohl zu Dariusz aufs Bett setzen, der dort gerade halb vertieft Tetris spielte. Mit meinem Mixery (ein Bier-Cola-Gemisch, topmodern damals) setzte ich mich neben ihn und überlegte, wie ich das nun anstellen konnte mit meiner Entjungferung, meiner Deflorierung (gibt es auch normale Wörter dafür, Mascha?). Dariusz sah mich beim Spielen immer mal von der Seite an, dem gefiel ich wohl, dafür bekommt man ja schnell ein Gefühl. Wirst du gekannt haben. Er gefiel mir auch, sogar sehr. Weite Hosen, aus denen der Bund der Boxershorts rausguckte, ganz so, wie es sich Ende der 1990er gehörte, drüber ein T-Shirt einer bekannten Marke, ich glaube, Nike, und auf dem Kopf ein blonder Topfhaarschnitt, sowas war sehr angesagt. Dariusz hielt mir mit der Frage, ob ich auch mal spielen wolle, den Controller hin. Das war meine Chance. «Ich bin total müde, irgendwie ist mir etwas schwummrig, kann ich mich vielleicht einfach hinlegen und mit bei dir im Bett schlafen?» Wer war dieses Mädchen? Woher nahm sie diese Chuzpe? Unglaublich, Chapeau, ich ziehe meinen Hut vor der.

Ich glaube, er hatte mich sofort durchschaut, meine Frage bejahte er nämlich mit einem noch süffisanteren Grinsen. Einem Grinsen, das ihm bis zu den Haarspitzen seines Topfhaarschnitts – der wenige Minuten später über mir wippen würde – ging.

Tatsächlich hatte ich mir keine konkreten Vorstellungen von Sex gemacht, es war etwas, das abgehakt werden wollte, grundlegender Teil meiner Abenteuer-Bucket-List. An sowas wie Lust dachte ich im Zusammenhang mit Sex nicht. Besser so, ohne Erwartungen konnte ich auch nicht enttäuscht werden. Nur so schmerzhaft hatte ich mir das nicht vorgestellt. Meine Jugendbücher hatten mich nicht vorbereitet. Dariusz war sanft, fragte mehrmals, ob ich es auch wirklich wolle, holte ein Kondom, nahm Rücksicht, sagte, er könne langsamer machen, ich solle es nur sagen. Wollte ich natürlich nicht, das war mir peinlich, jetzt war ich so weit gekommen, da konnte ich kaum sagen: «Raus mit dir, das tut weh.» Doch das tat es. Und wie. Dass ich nicht zerreißen würde, wusste ich, aber Derartiges hatte ich noch nicht gefühlt. Keine Sekunde empfand ich sowas wie körperliche Erregung. Geistige schon. ES war passiert. Ich war keine Jungfrau mehr, nimm das, Leben! Milena fragte uns beide am nächsten Morgen, ob wir sie noch alle hätten, ich sei 13, Dariusz 16, und wäre sie aufgewacht, so hätte sie alles mitbekommen. Mir egal, ich war berauscht. Zwar brannte meine Vagina etwas, doch das gefiel mir. Erinnerte das Brennen mich schließlich minütlich daran, einen weiteren Meilenstein auf dem Weg in das angestrebte aufregende, verruchte Leben erreicht zu haben. Kaum aufgewacht, übernahm Milena wieder das Kommando, und ich trottete ihr – auf dem Weg zur Jugendschutzeinrichtung – glückselig hinterher.

Dariusz und ich schliefen nicht noch einmal miteinander. Mein Ziel war erreicht, es konnte weitergehen. Gerne hätte ich es jedem erzählt, den anderen Fahrgästen in der Straßenbahn, der Verkäuferin, die uns bei McDonald's das Burger-Menü überreichte, dem Straßenkehrer vor der Jugendschutzeinrichtung. «So hören Sie doch, es ist geschehen, ich wurde entjungfert! Zungenkuss und Defloration in einem Abwasch erledigt, was sagen Sie dazu? Bin ich nicht wild? Ist das Leben nicht aufregend?»

Als ich mit 18 das erste Mal einen Orgasmus hatte, wusste ich nicht, wie mir geschieht. Das kann auch so viel Spaß machen? Auch ich habe etwas davon? Unglaublich. Und welch Glück, dass es mit dem Jungen mit den Augen war. Einmal im Leben sollte jeder die Chance bekommen, beim Orgasmus in solche Augen zu blicken.

Sex mit dem Jungen mit den Augen war eine Erweckung.

Seine Finger waren schon überall auf und in mir, seine Zunge beglückte mich wie keine danach. Ich ging so weit, ihm am liebsten lebenslanges Wohnrecht in meiner Vagina zu gewähren. Was sollte er sich noch woanders aufhalten? Hier war er willkommen und wusste, was tun.

Mascha! Mir fällt etwas Lustiges ein, pass auf: Und zwar bin ich einmal mit einem Punker nach Hause gegangen. Ketchup hieß der. Und sicher dachte er sich, da geht was. Und was mache ich? Erzähle ihm die ganze Nacht nur, wie sehr ich die Unendlichkeit fürchte und was denn bitte vor dem Urknall war, denn der könne ja wohl kaum aus dem Nichts entstanden sein. Er war einer der wenigen Anständigen und hörte sich meine philosophischen Ergüsse die ganze Nacht lang an, sicherlich in der Hoffnung auf einen körperlichen Erguss seinerseits. Er behielt diese Hoffnung für und seine Hände bei sich. Vielleicht ist er mittlerweile ein Exponat in einem Museum, denn solche Männer sind rar.

Weißt du, Mascha, ich hatte so viel schlechten Sex im Leben. Die Nacht der Unendlichkeit war eine der besseren.

Holger hab ich mal betrogen. Stimmt nicht, er war ja einverstanden damit, dass ich mit anderen verkehre. So ganz behagte es ihm dann aber doch nicht. Ein Wochenende Funkstille. Mal wieder wollte er alleine sein oder mich bestrafen für meine Liebesgier, ich weiß es nicht mehr. Mit Hilfe von Benzos habe ich viel gelegen und geschlafen, bin eigentlich nur aufgestanden, um aufs Klo zu gehen, ein paar Schluck zu trinken und zu rauchen. Am Abend des zweiten Tages Funkstille bin ich aufgewacht, und einer meiner Mitbewohner saß mit einer mir unbekannten Frau gemeinsam bei einer Flasche Rotwein am Küchentisch. Ob ich mich nicht dazusetzen wolle? Wein sei genug da. Wein wirkt betäubend, also ja, ich wollte mich dazusetzen. Stefanie hieß die unbekannte Frau, Stefanie hatte auch geweint. Ihre Freundin hatte sie verlassen. Einfach so, eine Woche zuvor hatte sie ihr mitgeteilt, die Gefühle seien nicht mehr da, Freundinnen könnten sie ja bleiben, bla, bla, bla. Mein ultimatives Rezept bei Liebeskummer lautete: weinen, Benzos, ficken. Stefanies auch, zumindest weinen und ficken, das geht ja sogar zusammen!

Mit Stefanie war ich tatsächlich mal Spätzünderin, in meiner Fantasie hab ich mich so oft bei lesbischem Sex in den Orgasmus gerieben. In echt war es bis dahin bei Penetration und Männern, die selten wussten, wie sie mir mit ihrer Zunge Glückseligkeit schenken konnten, geblieben. Wir warfen uns Blicke zu, der Rotwein tat sein Übriges. Mein Tabak war aufgebraucht, und als ich in mein Zimmer ging, um neuen zu holen, stand Stefanie hinter mir, legte den Arm um mich, ich drehte mich um, nahm all meinen Mut zusammen, strich ihr die langen blonden Haare aus dem Gesicht, begann sie zu küssen und fragte, ob ich sie mit meinem Bett bekannt machen dürfte. Stefanie wusste ganz genau, was sie mit ihrer Zunge und ihren Fingern machen musste. Ich konnte wirklich loslassen, mein Gehirn gab kurz Ruhe, zwei Orgasmen, das hatte noch kein Mann geschafft. Sowieso kann ich nicht mehr nachvollziehen, weshalb es erst so spät dazu kam.

Mascha, ich verehre dich. So eine theatralische Aussage, aber wenn es doch die Wahrheit ist! Ich bin dein Fan, ich verneige mich vor dir, vor deiner Wärme, vor deinem Witz und vor deinem Talent, diese beiden poetisch zu vereinen. Nur eine Sache bereitet mir Unbehagen. Dein Sohn Steven war ja schwul, und nach allem, was ich so nachlesen konnte, warst du darüber nicht glücklich. Das passt so gar nicht zu dir. Für mich bist du wie ein perfektes Gemälde, und das hat durch diese Information einen Kratzer bekommen, bei dem die Restaurator*innen am Grübeln sind, wie sie ihn wieder aufarbeiten. Ich kann dich ja nicht fragen, also muss ich mich auf die Quellen verlassen. Ja, es war eine andere Zeit, du jedoch warst derart aufgeweckt für das Leben in dieser anderen Zeit, dass es mich schon sehr wundert, nein, enttäuscht, zu lesen, dass Steven nicht lieben konnte, wen er wollte, ohne deine Ablehnung diesbezüglich fürchten zu müssen. Aber was weiß ich schon. Urteilt sich ja immer leicht mit halb garen Informationen.

EIN SOGENANNTER SCHÖNER TOD

Eines Morgens wachst du auf und bist nicht mehr am Leben.
Über Nacht, wie Schnee und Frost, hat es sich begeben.
Aller Sorgen dieser Welt
Bist du nun enthoben.
Krankheit, Alter, Ruhm und Geld
Sind wie Wind zerstoben.
Friedlich sonnst du dich im Licht
Einer neuen Küste,
Ohne Ehrgeiz, ohne Pflicht.
– Wenn man das nur wüßte.

Eines Morgens, Mittags, Nachmittags, Abends, Nachts wird es so weit sein. Einmal werde ich das letzte Buch gelesen, das letzte Mal Zuflucht in aneinandergereihten Buchstaben gefunden haben. Einmal werde ich mein letztes Ich liebe dich verschenkt, mir das letzte Mal den Bauch vor Lachen gehalten haben. Einmal werde ich meine letzte Träne vergossen, das letzte Mal in anderen Armen gelegen haben. Einmal werde ich die Fenster das letzte Mal streifenfrei geputzt, den letzten Buchstaben in meine Tastatur getippt haben. Einmal werde ich das letzte Mal Furcht vor dem Unbekannten verspürt haben. Dann nämlich, wenn ich mich aufmache, das Unbekannte kennenzulernen.

Was ich skandalös finde, ist: Der Tod lässt einen nicht mal im Leben in Ruhe. Epikur hat mal verkündet (also vor einer Millionen Jahre oder wann der gelebt hat), der Tod interessiere ihn nicht, schließlich sei jener nur, wenn er nicht mehr sei und andersrum. Tröstlich. Aber Unsinn. Der Tod ist immer dabei.

Ohne dich ist alles nichts, so heißt ein Gedichtband mit Liebesgedichten, wohnhaft in meinem Bücher-Regal. Ohne den Tod wäre alles nichts. Welche Bedeutung hätte denn noch irgendwas, hätten wir unendlich Zeit für unsere Fehler und unsere Suche nach Glück. Unendlich lässt sich nicht mal denken. Ich möchte aufstehen und im Kreis laufen, wenn ich an die Unendlichkeit denke. Vielleicht schaffe ich es, der Angst davonzulaufen. Schließlich ist davonlaufen eins meiner Talente. Aber der Unendlichkeit zu entkommen, gelingt selbst mit dem größten Talent gesegnet nicht. Wenn du schreibst, *friedlich sonnst du dich im Licht einer neuen Küste,* dann darf ich wohl davon ausgehen, auch du, Mascha, hast an ein Danach geglaubt. Neue Sachlichkeit nennt man die Literatur-Epoche, in der du dein Zauberwerk vollführt hast. An ein Danach zu glauben ist nicht sehr sachlich, sehr tröstlich ist es aber wohl.

Das erste Mal begegnete ich dem Tod in einem Treppenhaus. So weit nicht verwunderlich, schließlich ist er immer und überall. Ich müsste so sechs, sieben Jahre alt gewesen sein, als die Sargträger mit dem Sarg, in dem sich unsere Nachbarin aus dem Dachgeschoss befand, kurz vor unserer Milchglastür pausierten. Schwer, so ein Sarg.

Ein paar Stunden vorher hatte meine Mutter die Polizei gerufen. Tagelang hatte sie unsere Nachbarin ihre Wohnung nicht verlassen sehen. Ebenso viele Tage stand die kleine orange Ente der Nachbarin ungenutzt auf ihrem Parkplatz, und dass die Nachbarin an Depressionen litt, war meiner Mutter bekannt. Meine Mama hatte stets ein wachsames Auge und Ohr, sie hatte Antennen dafür, wann jemand Hilfe brauchte. Gerettet haben diese Antennen unsere Nachbarin nicht, doch wer weiß, wie lange sie ohne meine Mutter noch tot, unentdeckt, von niemandem vermisst und vor sich hin verwesend in ihrer Dachgeschosswohnung gelegen hätte.

Meine Mutter und ihre Bekannten – die bei uns ein und aus gingen, als seien wir ein Kaffeehaus – sprachen tagelang über nichts anderes, sicher dachten die sich, ich verstünde nicht, doch ich verstand. Ich verstand, der Tod ist immer nah, derart nah sogar, dass er schon vor meiner Wohnungstür Rast gemacht hatte. Was, wenn er es das nächste Mal durch die Tür schafft? Und, das wäre am allerschlimmsten, meine Mama mitnimmt? Ich könnte ihn verstehen, meine Mama um sich zu haben war (zum damaligen Zeitpunkt) das Beste, was einem passieren konnte. Deshalb ja wollte ich dem Tod Kontaktverbot mit ihr erteilen. Mit meinem Papa auch. Mit meinen Großeltern auch. Mit mir auch. Scheuchen sollte er sich. Ich wollte ihn das Fürchten lehren, nicht er mich. Meine größte Niederlage. Erst holte er meinen Opa, 23 Jahre später meine

Oma und nur acht Monate später meinen Papa. Das verzeihe ich ihm nicht. Gleichzeitig hab ich nun endlich keine Angst mehr vor ihm, dem ollen Kommunisten, der alle gleichmacht. Weil ich denke mir so, je mehr schon gestorben sind, desto mehr tummeln sich im Danach. Wenn ich dann dort eintreffe, hoffentlich erst so in circa 50 Jahren, wird mich ein Wimmelbuch voller Menschen, die mich wirklich geliebt haben, erwarten. Mit dir, da möchte ich im Himmel Kaffee trinken, Mascha. Zück den Kalender!

Das Danach ist für mich ein Ort der Liebe, der kumulierten Liebe aller, die vor mir gegangen sind. Was soll ich da noch fürchten? Ich stelle es mir nämlich vor wie einen Winterabend am Kamin. Einen mit Tee, Kakao, Keksen und vielen Geschichten. Draußen im Diesseits tobt ein Schneesturm, doch wir im Jenseits haben alles, Sicherheit, Wärme, Essen, Trinken und vor allem einander. Wir spüren eine tiefe, alle Vorstellungen von Sein und Nicht-Sein überwundene Verbundenheit. Was für eine tröstliche Fantasie, nicht wahr? Und, wer weiß, vielleicht ist es gar keine. Was wenn wir tatsächlich in einem Kokon aus Liebe landen?

Auch du warst der Meinung, der Hoffnung, hast es nicht ausgeschlossen, im Danach Chemjo und Steven wiederzusehen. Deine Verbundenheit zu Chemjo wurde – auf deinen Wunsch hin – in Stein gemeißelt: «Gattin des Musikologen Chemjo Vinaver» steht auf deinem Grabstein. Wieder eine Gemeinsamkeit, Nick ist schließlich Musikologe, na ja, nicht ganz so gehoben, aber ein wenig schon. War Chemjo Prof. Dr. der Musikologie, so ist Nick Musikologe B.A. Können wir uns darauf einigen?

Viele Menschen fürchten ja das Sterben. Nicht den Tod, sondern den konkreten Akt des Sterbens. Darüber hab ich kaum nachgedacht bisher. Zumindest über mein eigenes Sterben nicht. Über Nicks schon. Zwangsläufig. Das fürchte ich mehr als alles andere auf der Welt. Sollte er leiden müssen, zünde ich die Welt an.

Meine Überzeugung, dass es mir schnell, sanft und schmerzlos vergönnt sein wird, ist eine feste. Wir werden sehen. Oder auch nicht, wenn's ganz flott geht. Irgendwo habe ich mal gelesen, dass man den Tod niemandem erzählen könne. Das ist ja so eine fürchterliche Erkenntnis. Dank meiner Vorstellung vom Danach aber werde ich es schon jemandem erzählen können, und zwar den Besten. Nimm das, blöder Tod!

Es tut mir unendlich leid, dass der Tod Steven so früh, mit nur 31 Jahren, von dir, von euch genommen hat. Vier Tage saßt du noch an seinem Bett, ob noch Hoffnung bestand, konnte ich nirgends geschrieben finden, zwischen den Zeilen aber lese ich, dass nicht.

Langsam oder schnell? Man könnte meinen, für die Hinterbliebenen sei langsam angenehmer. Ich bin für schnell. Denn den Schmerz der Leere, wenn ein Mensch nicht mehr ist, kann auch kein Abschied auf Raten mindern. Wenn jemand stirbt, dann ist das für immer traurig. Potenziert wird dieser Schmerz durch das Wissen, der geliebte Mensch hat gelitten.

So wie es bei meinem Papa lief, das ist perfekt. Als er an diesem kalten Novembernachmittag das Holz in den Ofen schichten wollte und auf halbem Weg gestorben ist. Wer wünscht es sich anders? An der Hand eines geliebten Menschen vielleicht, aber sonst? Hätte er sich einen Tod aussuchen können, dann den. Wenn schon sterben, dann so.

Mein Papa hat mir erzählt, als ihm seine Sterblichkeit klar wurde, bekam er so etwas wie eine Kinderdepression. Meine Oma, eine eigentlich ungläubige Frau, die sogar aus der Kirche ausgetreten war, hat daraufhin immer mit ihm gebetet, wenn er sich in seiner Angst an sie wandte. Seit mein Papa tot ist, bete ich jeden Abend: «Lieber Gott, bitte schick meinem Papa Liebe und Geborgenheit ins Jenseits.»

Ob das was bringt? Sich an den Erfinder des Todes zu wenden? Mir spendet es Trost. Und mehr als Trost kann man häufig nicht erwarten. Auch du, Mascha, hast, soweit es möglich war, Trost im Gespräch mit Gott gesucht. Sofern überhaupt irgendetwas Trost sein konnte, in einer Zeit, in der sechs Millionen jüdische Menschen ermordet wurden. Besonders im Exil hast du dich an den Unbekannten und Ersehnten, den Erfinder des Todes und alles Existenten, gewandt. Seine *himmlische Geduld* sollte er auf Steven *erstrecken* und dessen *Schritte lenken.* Niemand wird wohl so häufig enttäuscht wie gläubige Menschen. Zuckerbrot und Peitsche. Und doch bleibe ich ihm zugewandt und hoffe und bete weiterhin jeden Abend: «Bitte, lieber Gott, mach, dass mein Ehemann Nick wieder ganz gesund wird, und schick meinem Papa

Liebe und Geborgenheit ins Jenseits.» Den Versuch ist es wert.

Ewigkeitssonntag wird der Totensonntag, der letzte Sonntag vor dem ersten Advent auch genannt. Da ist sie schon wieder, die gefürchtete Ewigkeit. In dem Kontext missfällt sie mir ausnahmsweise nicht, schließt doch die Existenz einer Ewigkeit die Existenz einer endgültigen Endlichkeit aus. Mit jedem neuen Ewigkeitssonntag gibt es mehr Menschen, derer ich gedenken muss. Gedenken darf, denn ohne Liebe kein Gedenken. Langsam beherberge ich in mir ein kleines Gedenkmuseum, das sich mit jedem geliebten verstorbenen Menschen erweitert.

«Leiche in Hauseingang gefunden. Der 25-jährige Alex S. war der Polizei seit Langem als heroinabhängig bekannt. Nun wurde er am frühen Samstagmorgen tot in einem Hauseingang aufgefunden. Todesursache ist eine Überdosis Heroin.»

Alex S. war der zweite mir näher bekannte Mensch, mit dessen Tod ich konfrontiert wurde. Alex S. war der erste Mensch, mit dem ich Sex hatte, mit dessen Tod ich konfrontiert wurde. Er würde nicht der letzte sein. Was ich über Alex S. weiß, ist: Er schmeckte nach Lakritz, er fand Kondome (auch beim Sex mit 15-Jährigen) übertrieben, er war seit seinem 13. Geburtstag nicht mehr nüchtern und nicht mehr zu Hause gewesen, er plante, nach Thailand abzuhauen, er starb, eine Woche nachdem er seinen Samen auf meinen Brüsten verteilt hatte. Sein Tod sprach sich schnell rum unter den Punkern der verhassten Stadt. Wann und wo eine Trauerfeier abgehalten wurde, erfuhren wir nicht. Ja nun, es musste weitergehen.

Rückblickend stellte Alex S.' Tod einen der Wendepunkte für meine Psyche dar. Es war nicht mehr alles nur fun and games. Der Tod hatte sich dazugesellt. Meine Ängste und Zwänge wurden sukzessive schlimmer. Was, wenn ich einen Herzschaden habe?

Was, wenn ich HIV-positiv bin? Was, wenn ich Hepatitis C habe? Was, wenn der Tod auch mich alsbald kennenlernen will?

Irgendwer stirbt schließlich immer, und irgendwann, da ist man selbst an der Reihe. Die Ärztin, die mir das Ergebnis meines allerersten HIV-Tests mitteilte, durfte einem ungewöhnlichen Schauspiel beiwohnen. Ich betrat ihr Sprechzimmer, um stante pede Reißaus zu nehmen. Vor ihr wegzulaufen. Kennen wir ja schon, meine altbewährte Taktik. Die verdutzte Ärztin lief mir hinterher und rief, mit dem Ergebnis vor sich her wedelnd: «Es ist alles gut, du hast kein HIV.» Alex S. dagegen, so hatte sich rumgesprochen, war HIV-positiv. Kondome fand Alex S. trotzdem übertrieben. Wieder mal war ich davongekommen.

Mein Opa hat mich schrecklich doll geliebt. Zu seinen Kindern, meinem Papa und seinen drei Brüdern, soll er überaus streng gewesen sein, doch mich, mich verwöhnte er. Zwei Gespräche erinnere ich bildlich. Bei dem einen saßen wir auf einer Bank im Park der niedersächsischen Kleinstadt, und er fragte mich, was ich mal werden wolle. Schlagersängerin! Keine Frage. Obwohl er sicherlich auf Anwältin oder Ärztin gehofft hatte, versuchte er nicht, mir meinen Wunsch auszureden. Im Gegenteil, grinsend nahm er einen tiefen Zug von seiner Pfeife (noch heute liebe ich diesen Geruch, er katapultiert mich sofort in die Geborgenheit der frühen Jahre zurück), strich mir über den Kopf und fragte: «So wie Conny Froboess?» Ja, genau so!

Acht Jahre später unterhielten wir uns in einem Eiscafé am Bahnhof Hannover. Dort waren meine Großeltern hingeeilt, als ich mal wieder auf Trebe war und sie von einer Telefonzelle aus wissen ließ, mich nun ein paar Stunden in Hannover aufzuhalten. Mein Opa brachte mir eine Stange Zigaretten mit, meine Oma Frikadellen in Alufolie, Handcreme von Eucerin und Capri-Sonne Orange. Ich bestellte mir eine heiße Schokolade und einen Apfelkuchen, beides mit Sahne. Meine Großeltern tranken schwarzen Kaffee mit einem Schuss Milch und betrachteten mich wie ein Wesen vom anderen Stern. Wir hatten uns nicht gesehen, seit ich ins große kalte Haus einziehen und den Kontakt zu meinem Papa und somit auch zu ihnen abbrechen musste. Vor ihnen saß eine Teenagerin mit abrasierten Haaren und grünem Irokesenschnitt, in der sie vergeblich nach Resten des Kindes, das einmal Conny Froboess werden wollte, Ausschau hielten. Als diese ihnen unbekannte Teenagerin verkündete, nun Anarchistin zu sein, nahm mein Opa kopfschüttelnd einen tiefen Zug von seiner Pfeife und sagte mit einer Stimme, die kraftloser klang, als ich sie in Erinnerung hatte: «Wir wollen jetzt nicht diskutieren, ich halte das für Unsinn, aber wir sind nicht gekommen, um über Politik zu sprechen, wir wollten dich einfach endlich mal wiedersehen und dir sagen, dass wir dich lieben und immer geliebt haben.» «Okay, danke.» Ich wusste nicht mehr, wie man Liebe, geschweige denn Familie buchstabiert. Mehr als «okay, danke» hatte ich nicht in mir.

Drei Monate später erreichte mich ein Anruf. Mein Opa sei gestern Nachmittag in einem Hannoveraner Krankenhaus an den Folgen eines metastasierten Darmkrebses gestorben.

Okay, danke.

Der Tod ist ein Dieb, ein Nimmersatt, eine der wenigen Sicherheiten, ein Notausgang, ein Trost, eine Bedrohung, eine Mahnung. Im Silicon Valley planen sie ihn abzuschaffen, in Mexiko feiern sie ihn, in schlaflosen Stunden fürchten wir ihn, in verzweifelten Stunden ersehnen wir ihn.

Eben kam die Durchsage, dass wir wegen einer Weichenstörung eine Umleitung fahren müssen und deshalb bereits eine Verspätung von 35 Minuten haben. Das könnte dem Tod nicht passieren, der nämlich kommt fast immer zu früh.

67 Jahre, die haben dir gereicht, du wolltest deine *Ruh* und zu deinen beiden Lebensmenschen. Ich wünschte, du hättest es leichter gehabt. Es war zu viel. Zu viel überleben statt leben.

Bei dir zu sein, deinen Grabstein zu berühren, deinen verehrten Namen eingemeißelt zu sehen, den vielen kleinen Steinen auf deinem Grab einen hinzufügen zu können, das ließ mich dir so nahe fühlen, Mascha. Es gab dich. Wirklich. Ich habe dein Grab gestreichelt. Weißt du, ich hatte sogar Kaffee dabei, in einer Thermoskanne, nicht ganz standesgemäß, aber sage mir, wie hätte ich ihn denn sonst transportieren sollen? Weißt du auch nicht, oder? Siehst du!

Wie oft wohl Leute zu deinem Grab pilgern? Verraten sie dir dann ihre Geheimnisse? Da hast du Chemjo und Steven ja immer einiges zu erzählen, da oben oder unten oder wo auch immer dieses Danach sich befinden mag. Oder seid ihr gar ganz woanders? *Das erste Dasein ist Skizze nur. Nun kommt die Reinschrift und die Korrektur,* war das deine Hoffnung oder war es deine Überzeugung? Vielleicht lässt sich das nicht unterscheiden. Und muss es auch gar nicht, sowohl Hoffnung als auch Überzeugung erfüllen den gleichen Zweck, sie trösten und schenken Sinnhaftigkeit.

Meine tiefste Überzeugung ist jene, dass es sich immer lohnt, Hoffnung zu haben.

ANSPRACHE EINES BÜCHERWURMS

Der Kakerlak nährt sich vom Mist,
Die Motte frißt gern Tücher,
Ja selbst der Wurm ist, was er ißt.
Und ich, ich fresse Bücher.

Ob Prosa oder Poesie,
Ob Mord – ob Heldentaten –
Ich schmause und genieße sie
Wie einen Gänsebraten.

Ich bin ein sehr belesner Herr,
Nicht wie die andern Viecher!
Daß Bücher bilden, wißt auch ihr,
Und ich – – ich fresse Bücher.

Die Nahrung sie behagt mir wohl,
Verleiht mir Grips und Stärke.
Was andern Wurst mit Sauerkohl,
Das sind mir Goethes Werke.

Ich fraß mich durch die Literatur
So mancher Bibliotheken;
Doch war'n das meiste, glaubt es nur,
Bloß elende Scharteken.

Das Bücherfressen macht gescheit.
So denken sichs die Schlauen.
Doch wer zuviel frißt, hat nicht Zeit,
Es richtig zu verdauen.

Drum lest mit Maß, doch lest genug,
Dann wirds euch wohl ergehen.
Bloß Bücher fressen macht nicht klug!
Man muß sie auch verstehen.

Mascha! Warum ein sehr belesener Herr?? Eine Dame meintest du wohl! Und überhaupt sind Würmer Zwitter. Nun denn, genug der Belehrungen! Goethe, Lessing, Schiller: Ich hab's ja versucht mit denen. Alleine weil ich – nach meinem Auszug aus der Mäusewohnung – bemerkte, derart viele Bildungslücken aufzuweisen, und irgendwo beginnen wollte, sie zu stopfen. Was bietet sich da besser an als das Triptychon der deutschen Literaturgeschichte? Diese Namen kannte ich vom Hören, in den Häusern meiner Freund*innen – natürlich mit Esszimmer und einem Tisch für mindestens acht Leute – hab ich sie auf Buchrücken stehen sehen. Mir wurde klar, dass diese Namen wichtig sind, um dazuzugehören, kulturelles Kapital anzuhäufen und mitreden zu können, wenn Dichter in spe sich unterhielten. Bis dahin hatte es mir gereicht, Schleimkeim und Knochenfabrik auswendig mitsingen zu können. Was wollte ich da mit Goethe und Schiller?

Bücher waren mir schon immer nah. Schon lange bevor ich mich aufmachte, mir die Literatur des Bildungsbürgertums zuzuführen. Vor meinen Augen und den Daumen beim Einschlafen noch auf die aktuelle Seite gepresst. Eine ganze Welt, die ich überallhin mitnehmen konnte. Ins große Haus, ins Teeniezimmer, auf die Domplatte, in die Mäusewohnung, in den Rucksack, in die Handtasche. Bücher waren an meiner Seite und trösteten mich. Manchmal schämte ich mich aber auch für sie. Weil «Haste mal ne Mark» und *Haut die Bullen platt wie Stullen* sich beißt mit *Chaos, Küsse und andere Katastrophen.*

Bücher lassen sich gut verstecken. Zwischen leeren Bierdosen, überquellenden Aschenbechern, dreckigen Klamotten und Essensresten fällt ein Band *Freche Mädchen, Freche Bücher* kaum auf.

Bücher. Sie waren mein Trost, meine Ablenkung, meine Beschäftigung, mein Zugang zu einem Leben in einem kleinen Haus. Mein Zugang zu einem Leben, das mir versprochen wurde. Meine Möglichkeit, ein gebrochenes Versprechen einzulösen. Wovon kann man das schon behaupten? Es ist magisch. Und das ist nur ein Teil dessen, was diese bedruckten Seiten können. Ich habe auch so viel von ihnen gelernt. Sie waren meine besten, geduldigsten und interessantesten Lehrer*innen.

Sie sind es immer noch. Jeden Tag. Es gibt keinen einzelnen Tag in meinem Leben, an dem ich nicht lese. Keinen. Es gehört dazu wie Zähne putzen. Mal ordentlicher, mit Zahnseide und Zahnzwischenraumbürsten, und mal flott, nur kurz drüber. Und so lese ich manchmal drei Seiten vor dem Schlafengehen und wann anders in drei verschiedenen Büchern, mehrere Stunden lang.

Und doch bleibt ein Gefühl der Unzulänglichkeit, nie dort anzukommen, wo die sind, in deren Esszimmern über Goethe und Schiller gesprochen wird. Bestimmte Codes, dieser Habitus, von dem ich erst im Studium gehört habe. Dass ich tatsächlich studiere, scheint mir noch unwirklich. Ich bin schon in der Diele angekommen, bald betrete ich das Esszimmer.

Im großen kalten Haus waren alle Kinder auf der Hauptschule, Ausnahmen bestätigen ja die Regel, und Ausnahmen gab es drei. Ein Geschwisterpaar, das eine Realschule besuchte, und mich, die auf ein Gymnasium ging. Meiner Mutter war das wichtig. Sie hatte keine Ahnung, wer Goethe ist, aber all die ihr verwehrten Chancen sollte ich nutzen, und vielleicht, ja vielleicht sollte ich auch das Leben leben, das sie sich gewünscht hätte. Das Leben, von dem sie dachte, wie man es lebt, wenn das Gymnasium besucht und mit Abitur abgeschlossen wurde.

Ich wollte auch selbst dorthin, aufs Gymnasium, wegen der *Lümmel von der ersten Bank*, wegen *Pepe, dem Paukerschreck*. Mein Opa hat mir alle *Lümmel*-Filme auf Video aufgenommen und in den Ferien, in der Wohnung meiner Großeltern, da saß ich, geliebt und mit Schnittchen ausgestattet, vor dem Fernseher und fasste den Entschluss, auch aufs Gymnasium gehen zu wollen. Geografie, Geometrie, Goethe, das war mir egal, ich wollte Streiche spielen.

Meine Mutter – da hat sie mich noch geliebt – war

froh, als ich ihr sagte: «Ich will aufs Gymnasium, wie Pepe.» Es sollte allerdings 23 Jahre und mehr als zehn Schulen brauchen, bis ich wirklich ein Abiturzeugnis in den Händen hielt. Meine Mutter weiß nicht, dass ich endlich über das von ihr begehrte Dokument verfüge, und mein Papa war – wie so oft – unendlich stolz. Seine Kleine und schon viel zu lange Große, an die er immer geglaubt und doch, wenn er ganz ehrlich gewesen wäre, auch mal den Glauben an sie verloren hatte, die hatte es geschafft. Dabei ist es nur ein Blatt mit Stempel, Buchstaben und Zahlen. Ein Blatt, das den Übertritt von der Diele ins Esszimmer bedeuten kann. Und das Einlass in hehre Gebäude und Säle gewährt. Vor zwei Jahren saß ich das erste Mal in einem Vorlesungssaal. Ich, die auf den Stufen der Domplatte Kleingeld und Anerkennung gesucht hatte, ich hatte es in einen Vorlesungssaal geschafft.

Wie bin ich da bloß hingekommen?

Zuallererst durch mich und dann durch Bibliotheken. Letztens habe ich ein Foto von mir entdeckt, da muss ich sieben Jahre alt sein und sitze – wahrscheinlich an einem Senfei-Tag – auf Papas Sofa, ein Buch auf den Knien. So früh hat das also begonnen mit uns. Das ist wirklich eine große Liebe, eine, die mich noch nie enttäuscht und alles eingelöst hat. Die Liebe zu Büchern. Nicht zur Literatur. Über Literatur wird in Esszimmern debattiert. Bücher können Literatur sein, aber sind es nicht zwingend. Wir bleiben einander verbunden, die Bücher und ich, alle Häuser und die Mutter musste ich verlassen, immer dabei aber waren Bücher. Mit Anfang 20 hatte ich eine Phase, in der ich immer *Faust* in der Handtasche mit rumgetragen habe. Etliche Male habe ich begonnen, den zu lesen, der Zugang zu meinem Herzen jedoch, der blieb ihm verwehrt. Jetzt bin ich 39 und weiß immer noch nicht, was genau da so vor sich geht. Aber die Anspielungen verstehe ich und kann dadurch mitspielen im Esszimmer-Club.

Noch ein Jahr und dann werde ich im Besitz eines Papiers sein, das mir Zugang zu einem eigenen Esszimmer verschaffen kann. In einem Jahr habe ich meinen Bachelor. Mein Papa wird das nicht mehr erleben, meine Mutter wird es nicht erfahren, aber ich, ich bin stolz auf mich. Das habe ich geschafft, auch ohne ihre Liebe.

Es war ein weiter, holpriger Weg dorthin. Mit vielen Unterbrechungen. Auf der Domplatte erfolgte kein Schulunterricht. Auch wenn dort genug schulpflichtige obdachlose Ausreißer*innen zusammentrafen. Als ich dann wieder einen festen Wohnsitz hatte – in der Jugendwohngruppe mit Ute –, war das Wohnrecht daran gekoppelt, eine Schule zu besuchen. Nur war ich dort nicht mehr willkommen. Das deutsche Bildungsbürgertum legte keinen Wert auf Jugendliche wie mich und wusste mit Paragrafen meinen weiteren Gymnasialbesuch zu verhindern. Tschüss, *Pepe, der Paukerschreck* und Tschüss, Träume meiner Mutter. Ich klopfte ein Stockwerk tiefer an, und siehe da, auch der Realschulbesuch konnte mir dank gewisser Paragrafen verwehrt werden. *Pepe* und der Traum meiner Mutter entfernten sich immer mehr. Weiter ging es, an der Hauptschule mussten sie mich nehmen. Meine Familie hatte sich das ganz anders gedacht mit mir, dem Kind, das schon mit sieben Jahren verliebter in Bücher als in Barbies war. Gänzlich anders.

Mir war alles egal. Vom Jungen mit den Augen brachten sie mir in der Schule nichts bei, was also konnten die mir schon vermitteln? Ich kann mich an nichts dort Gelerntes erinnern, wohl aber daran, welche Bücher mich zu der Zeit begleitet haben. *Ich habe dir nie einen Rosengarten versprochen, Der Baader-Meinhof-Komplex, Hexen küsst man nicht, Was ist eigentlich Anarchie, Der Clan vom Lampedusa – Wo der Hund begraben liegt,* es war eine wilde Mischung, passte also hervorragend. Wenn ich mich nicht des Nachts aus dem Haus geschlichen habe, las ich meist die halbe Nacht, die Schule verschlief ich häufig oder schlief im Klassenraum ein. Um wach zu werden, versteckte ich mich zum Rauchen auf dem Klo, manchmal zog ich dort auch Koffeintabletten durch die Nase oder kam einfach nicht zurück und erzählte in der Jugendwohngruppe von Bauchweh, Kopfweh, Lebensweh.

Kein Wunder, dass ich von der ersten Hauptschule flog, kein Wunder, dass ich auch von der zweiten Hauptschule flog. Wollte ich allerdings ein Dach über dem Kopf behalten, unter dem ich des Nachts *Bücher fressen* konnte, so musste ich zur Schule gehen. Mit Ach und Krach – so sagt man ja, und so war es auch – habe ich den qualifizierten Hauptschulabschluss geschafft.

Mein erstes wichtiges, mit Stempel versehenes Blatt Papier auf dem langen Weg zum Esszimmer.

Das musste dann aber reichen, denn nun hatte ich erstmal mit Lieben zu tun. Als aus dieser nie enden wollenden und doch zerbrochenen Liebe zum Jungen mit den Augen dann endgültig Erinnerung wurde, erwachte in mir etwas bis dato Unbekanntes. Ich wollte lernen, ich wollte wissen, ich wollte mit Stempel versehene Blätter.

Und ich wusste nichts mehr. Mit nichts meine ich nichts. Bruchrechnen? Dezimalzahlen? Geografie, Biologie, Physik gar? He, she, it, das s muss mit, ich hatte keine Ahnung. Trotzdem fand ich mich im Sekretariat der Abendrealschule in der verhassten Stadt ein und verkündete: «Ich möchte mich anmelden, hier mein Ausweis, hier mein qualifizierter Hauptschulabschluss, ich werde das hier servierte Wissen zum Frühstück, Mittag und Abendbrot vertilgen!» Ja, Mascha, und dann ging es plötzlich los. Über Nacht schien sich in mir ein Schalter umgelegt zu haben. Alles wollte ich wissen. Von Kreisberechnungen über Goethe und Tolstoi und Past Perfect und warum finden alle Shakespeare so toll? Und wie super ist es, dass Reclamhefte erschwinglich sind, und was ist ein bürgerliches Trauerspiel? Ich habe mal gelesen, Reclamhefte vergällten so manchen Schüler*innen das Lesen für lange Zeit. Auf mich trifft das gar nicht zu, ich liebte die kleinen gelben Hefte. Für 2,60 € konnte ich mir Bildung zuführen. Entcodieren, was in Esszimmern gesprochen wurde. Geheimnisse lüften. Das Bürgertum entschlüsseln. In der linken Hand die Selbstgedrehte (schwarzer Tabak, ohne Filter), in der rechten Molière. Jede Matheaufgabe hab ich zu Hause dreimal wiederholt, bis mir das Prinzip klar war. Und so habe ich sogar Mathe verstanden.

Ich lernte wie ich lieb(t)e, leidenschaftlich und kompromisslos. Statt zerschnittener Arme und Tränensäcken errang ich diesmal jedoch einen Sieg. Ich durfte eine Klasse überspringen. Na, das lässt sich doch sehen im Lebenslauf, nicht wahr? Einer hatte bei Erhalt dieser Information mal wieder die strahlendsten Augen von allen. Du ahnst es, es war mein Papa. Stolz wie Oskar war der. Seine Kleine und schon viel zu lange Große, was die nicht alles schaffen konnte.

So gelangte ich also in den Besitz des zweiten mit Stempel versehenen Blattes Papier auf dem langen Weg zum Esszimmer.

Da strahlte dann nicht nur mein Papa, sondern auch ich. Weil warum nicht? Wer hätte das denn gedacht? Eine ganze Weile lang niemand.

Schwierig wurde es erst, als wieder die Liebe kam. Nur einem von beidem konnte ich mich ganz widmen, und meine Wahl würde und wird wohl immer auf die Liebe fallen. Der Eifer, mit dem ich liebe, und Tage, die nur 24 Stunden lang sind, das geht nicht zusammen. Jannis zu lieben oder zumindest zu denken, ihn zu lieben, das beanspruchte meine gesamte Aufmerksamkeit. Wobei, so ganz stimmt das nicht, gerade in der Zeit mit Jannis habe ich etliche Klassiker gelesen. Jannis ist schließlich mit einem Esszimmer aufgewachsen, und ich wollte ihn so gerne beeindrucken, wollte nicht nur wissend nicken, wollte wissend sein. Für Naturwissenschaften blieb so keine Energie mehr übrig. Zwei Schulen begonnen in dem wilden Jahr mit Jannis, zwei Schulen abgebrochen in dem wilden Jahr mit Jannis. Es mir selbst schöngeredet mit «ich lerne eben lieben, auch wenn es dafür keine mit Stempeln versehenen Blätter gibt».

Nach dem wilden Jahr mit Jannis musste ich mich erholen. Mir aus den Trümmern, die ich beim Lieben lernen hinterlassen hatte, ein neues Leben aufbauen. Wieder mal. Diesmal in der großen Stadt. Dort dann der Traum vom Schauspiel, wieder eine Schule abgebrochen, Abendgymnasium, dann das Kind, das nie geboren wurde, und wieder eine Schule abgebrochen. Schließlich die Lehre als – was denn sonst – Buchhändlerin, während der ich deine Bekanntschaft machte. Von dir habe ich dann auch den weisesten aller Sätze gelernt: *Die Nacht, in der das Fürchten wohnt, hat auch die Sterne und den Mond.* Warum steht dieser Satz nicht – in alle Sprachen übersetzt – an jeder Hauswand? Wer bitte muss ihn nicht mindestens einmal täglich hören? Du Schlaue! Du Tröstliche! Du Trostsuchende!

Jahre später dann – als andere meines Alters schon Stühle, Tische und Vitrinen in ihren eigenen Esszimmern abstaubten, oder wohl eher abstauben ließen – stand ich mit meinem Realschulabschluss mal wieder in einem Sekretariat. Diesmal im Sekretariat eines Kollegs der großen Stadt. Zweieinhalb Jahre später hielt ich tatsächlich das dritte wichtige, mit Stempel versehene Blatt Papier auf dem – nun nicht mehr ganz so langen – Weg zum Esszimmer in der Hand. Guck, Pepe, guck, Mama, ich habe es!!! ABITUR.

Kleines Haus, großes Haus, Notschlafstelle, Mäusewohnung, verhasste Stadt, große Stadt, Köln, Hamburg, Kind mit Buch auf den Knien, versteckte Bücher unter leeren Bierdosen, kaputte Arme, nie versiegende Tränen, Lieben und Nicht-Lieben, zehn Schulen, ein Abitur-Zeugnis. Ich konnte schon mal Esszimmerstühle im Möbelhaus angucken gehen.

Eine Weile war es mir peinlich, sogenannte «leichte» Literatur zu lesen. Das Schöne am Älterwerden ist unter anderem, dass einem so viel weniger peinlich ist. Ich brauche Krimis und Bücher, in denen in kleinen Häusern selbst gekochte Marmelade serviert wird, um durch dieses Leben zu kommen. Was soll denn daran peinlich sein? Ist es etwa peinlich, mir eine Wärmflasche zu befüllen? Mir ein Bad einzulassen? Spazieren zu gehen? Nein. Nur Sätze, die man ohne Sekundärliteratur und anschließendem Lesekreis versteht, die sollen einem peinlich sein? Nicht mehr mit mir!

Immer noch, wie vor über 20 Jahren, als die Bibliothek in der verhassten Stadt zu meinem zweiten Wohnzimmer wurde, führt mich ein Buch zum nächsten. Ein Name zum andern. Ich will immer noch so viel wissen, nicht mehr über Goethe und Schiller, mehr über dich, Mascha, und Irmgard und Hertha und warum man bei Autorinnen die Vornamen nennt und bei Autoren die Nachnamen. Dieser Wissensdurst soll immer bleiben. Hoffentlich werde ich ganz alt, damit ich noch jahrzehntelang *Bücher fressen,* neue Wörter kennenlernen, in andere Leben schnuppern und Rat und Trost zwischen den Seiten finden kann. Denn solange ich Bücher an meiner Seite weiß, werde ich mich niemals ganz alleine fühlen.

Ich wäre sowas von neugierig, wie das bei dir war, Mascha. Ob du auch immer ein Buch dabeihattest, ob es eins gab, von dem du wusstest, das spendet dir Trost und ein bisschen Zuversicht, wenn deine *Augen so voll Trauer waren und deine Stirn so schwer von Gedanken.* Überhaupt hätte ich so einige Fragen an dich, möchte so vieles von dir wissen. Mascha, wie hast du deinen Kaffee getrunken? Mit Milch? Zucker? Schwarz? Wie viele Tassen am Tag und um wie viel Uhr den letzten?

Ich weiß, als junge Frau hast du Bücher verschlungen, doch gab es Zeiten (die ganz schweren der Emigration und nach Stevens Tod), in denen du gar nicht gelesen hast oder dann erst recht, weil dort wenigstens irgendein Licht zu finden war und alles andere dunkel? War Lesen dir auch ein Grundbedürfnis oder mehr Wissensaneignung?

Während der Stolz über meinen Lernwillen meinem Papa in die Augen geschrieben stand, war dein Vater der Ansicht, du bräuchtest kein Studium, das Büro warte bereits auf dich und etliche junge Frauen. Empfandest du es als Makel, kein Abitur zu haben? Lediglich als Gasthörerin Universitäten besuchen zu können? Im Romanischen Café saßen bestimmt viele Esszimmer-Söhne und auch Töchter, na ja waren ja leider mehr Söhne. Die Esszimmersöhne mit Schreibkladde im Café, die jungen Frauen voller Wissensdurst und kreativen Ideen im Büro an der Continental Diktate abtippend.

Wie es dir damit ging kein Abitur zu haben und was Bücher dir waren, werde ich nicht erfahren. Alles steht eben doch nicht in Büchern. Macht ja nichts, diese Leerstellen mit der eigenen Fantasie zu füllen ist eigentlich nur ein weiterer wertvoller Schatz, der sich in Büchern versteckt, nicht wahr?

FÜR EINEN

Die Andern sind das weite Meer.
Du aber bist der Hafen.
So glaube mir: kannst ruhig schlafen,
Ich steure immer wieder her.

Denn all die Stürme, die mich trafen,
Sie ließen meine Segel leer.
Die Andern sind das bunte Meer,
Du aber bist der Hafen.

Du bist der Leuchtturm. Letztes Ziel.
Kannst, Liebster, ruhig schlafen.
Die Andern … das ist Wellenspiel,

Du aber bist der Hafen.

Noch zwei Stunden, dann kehr ich wieder in meinen Hafen ein.

Hamburg war so absolut und ganz und gar nicht die große Stadt, in der ich mich gesehen hätte. Aber dann kam die Liebe und da hab ich ja schon immer alles für gemacht. Diesmal war es anders. Diesmal war und ist es wirklich Liebe, keine Manie, kein *Ich-muss-sterben-wenn-wir-uns-zwei-Tage-nicht-sehen.* Keine *Geh-bleib-komm-nie-wieder-vergiss-mich-nie-*, keine *Lösch-mich-*

wie-du-deine-misslungenen-Sätze-löschst-, keine *Ohne-dich-kann-ich-nie-wieder-atmen*-Liebe. Diesmal ist es eine Liebe, die trägt und Sicherheit schenkt, eine Liebe, die Heimstatt ist. Nach all dem *Wellen-Spiel* habe ich tatsächlich endlich ein Zuhause gefunden.

Fast wäre sie mir entwischt, diese Liebe. Begegnet ist sie mir in der großen Stadt. Auf einem Punk-Konzert. Mal wieder. Im Backstage-Raum. Auf einem durchgesessenen, zerschlissenen Sofa. Meine Freundin Mona sollte an dem Abend mit ihrer Band *Die Ofentanten* ein Konzert geben. In meinem Unterleib spielte gerade ein Metal-Konzert, ich musste mich wirklich sehr überwinden, mein Bett zu verlassen, um auf einem zerschlissenen Sofa zu sitzen oder in einem verqualmten Konzertsaal zu stehen. Eigentlich verdanke ich die Liebe also Buscopan. Ohne Schmerztabletten wäre ich nicht aufgebrochen. Ohne Schmerztabletten hätte ich ihn dort nicht sitzen sehen. Am Rande des Sofas in seinen Laptop, den Bildschirm voller Balken und Diagramme, versunken. «Was machst du da?» «Musik», nuschelte er wortkarg und beschäftigte sich weiter mit den Diagrammen und Balken auf seinem Laptop-Bildschirm.

Ich sah sehr schön aus an diesem Abend. Selbst wenn nicht, schöner als die Diagramme war ich alle Male. Lange schwarze Haare bis zur Rückenmitte, gerader Pony, schwarzes Latzkleid aus Cord und mit Taschen (das ist schon wichtig mit den Taschen), rote Stiefel bis zum Knie. Fühlte mich wie Uschi Obermeier (ach, die kennst du ja wieder nicht). Schien ihn nicht zu beeindrucken. Monate später lagen wir nackt, rauchend, verliebt und fassungslos vor Glück in seinem Bett, und er sagte: «Ich hab meinen Freunden gleich gesagt, dass ich meine große Liebe gefunden habe.» Mein Balken-Boy.

Über zwei Ränder hinweg, den seines Bildschirms und den seiner Brille, warf er mir nämlich wohl verstohlene Blicke zu. Von den anderen Männern im Backstage war ich genervt, sie entsprachen dem Klischee von Backstage-Männern. Sie waren laut, betrunken und schafften es trotzdem, nichtssagend zu bleiben, muss man auch erstmal hinkriegen, aber gerne leiser.

Mein Nick, der war der Lässigste. «Musik also! Sieht eher aus wie Lego für den Computer, hast du als Kind lieber mit Playmobil oder lieber mit Lego gespielt?» «Lego», grinste er und stellte den Laptop zur Seite. Absurd eigentlich, was man so für banale Gespräche führt, nur weil man nicht sagt: Lass uns jetzt ficken und gucken, ob daraus Liebe wird. Stattdessen, sag mal, warum guckst du die ganze Zeit auf deine Balken, was machst du überhaupt für Musik? Elektronisch? Oh. Kann ich so gar nichts mit anfangen (mit dir wüsste ich aber was anzufangen). Wann legst du denn auf? Ah, da bin ich schon im Bett (leider nicht mit dir).

Alles macht nichts, wenn wir tanzen, wie in französischen Romanzen sang Jens Friebe (den kennst du auch nicht) einen Monat später aus einem Lautsprecher in Nicks Wohnung. Und recht hat er, dann ist doch wirklich und endlich mal ein paar Minuten lang alles ganz und gar egal. Frisch verliebt ist man immer die Regisseurin eines Films, der in die Kinogeschichte eingehen wird.

Kanntest du St. Pauli? Warst du da mal? Ich wünsche es dir. Und mir wünsche ich es auch. Greenwich Village war dein St. Pauli, du wirst also nachfühlen können, warum ich dort wie nirgends zuvor Ich sein kann. Zwar gibt es auf St. Pauli keine Reetdachhäuschen, jedoch fühlt es sich so an, als stünden dort welche. Vielleicht in einem der vielen Hinterhöfe. Dort stehen immerhin kleine Bänke! St. Pauli ist wie ein kleines alternatives Dorf. Hinzu kommt die Nähe des Meeres und die Nähe der kleinen Stadt mit dem Hutzelhäuschen. Unnötig zu erwähnen, dass es sich dort besonders gut tanzen lässt. Meine Güte, wie haben wir das überhaupt ausgehalten, derart verschossen ineinander zu sein? Dabei hatten wir uns anfangs kaum was zu sagen. Unsere Körper hingegen umso mehr.

Fast wäre Nick über seine eigenen Füße gestolpert, als er mich das erste Mal in der großen Stadt besucht hat. Auf der Sonnenallee lief er auf mich zu, strahlte, drückte mich an seine nach 40 Zigaretten täglich riechende Jeansjacke und bedeckte mein Gesicht mit Küssen. Unsere Herzen veranstalteten einen Rave. In Hintertutzing hätten sie uns wegen Erregung öffentlichen Ärgernisses angezeigt.

Ein halbes Jahr später kaufte er im Karstadt am Hermannplatz (den gab es schon zu deiner Zeit! Ha!) zwei günstige Silberringe, die ebenso gut zur Befestigung eines Wasserhahnsiebes geeignet gewesen wären. Kurzum, sie waren extrem plump und recht hässlich. Ich quiekte vor Entzücken, als Nick mir eines dieser Ungetüme mit der Frage, ob ich ihn heiraten wolle, an den Ringfinger steckte. Ein Hoch auf Buscopan und die Ofentanten, ich war verlobt. Diese Liebe würde mit Unterschrift besiegelt werden! Vorher musste natürlich jede Freundin kontaktiert und über meinen veränderten Beziehungsstatus informiert werden. Sonst ist es doch alles nur halb, wenn die nicht sofort im Bilde sind.

Wenn ich nachher ankomme – mein Po tut auch langsam weh vom Sitzen –, dann nehm ich Nick erstmal ganz fest in den Arm, so fest wie er mich vor elf Jahren. Danach sag ich ihm Danke. Danke für die Geduld und die Ausdauer. Die ersten zwei Jahre unserer Beziehung, als wir noch in zwei verschiedenen Städten lebten, erforderten davon nämlich eine beträchtliche Menge. Wir führten eine Beziehung zu dritt. Nick, ich und meine alte Begleiterin: die Angst. Täglich musste er mir mehrmals telefonisch bestätigen, dass sich an seinen Gefühlen nichts geändert habe. Ich sei *die Eine* für ihn, wir würden heiraten, beisammen leben, bis der Tod dem – irgendwann in ganz, ganz ferner Zukunft – ein Ende bereite. Dieser Bestätigung wiederum musste meist eine Bestätigung der Bestätigung folgen. Mit Glück war ich für zwei Stunden beruhigt. Bis mir wieder einfiel, dass meine Mutter mich ja schließlich auch mal über alles geliebt hatte. Nicks Glaube an unsere Liebe war unerschütterlich, er wusste es einfach, sagt er. Wie viele Tränen und Szenen wir uns hätten sparen können, hätte auch nur ein Quäntchen seiner Unerschütterlichkeit auf mich abgefärbt. Eigentlich hätte er drei Dichtungsringe kaufen müssen, einen für die Angst, die blieb nämlich noch eine lange Weile bei uns. Eine lange Weile klingt sehr hübsch, ganz anders als Langeweile. Etwas Langeweile hätte Nick sicherlich behagt. Jeden sonntäglichen Abschied verwandelte ich in eine Beerdigungszeremonie für unsere Liebe. Jeder sonntägliche Abschied holte das traurige, einsame Mädchen aus der Zeit des großen kalten Hauses hervor. Nick konnte seine Liebe beteuern, auf die Robustheit unserer Verbindung pochen, darauf schwören, niemals mehr eine andere zu wollen. Er kam nicht an mich ran. Ich saß in einer Fünf-Quadratmeter-Schrankwand und war überzeugt, wieder verlassen zu werden.

Nicks mich häufig zur Weißglut treibender Starrsinn als Antwort auf meine Angst, der hielt unsere Liebe am Leben.

Zwei Jahre ging das so mit den sonntäglichen Abschieden, bis ich einen Transporter mietete, mein übersichtliches Hab und Gut in ihm verstaute, um von nun an im Hamburger Greenwich Village zu leben. Obwohl ich endlich wieder mein Moin zur Begrüßung verlauten lassen konnte, ohne verwirrte Blicke zu ernten, fühlte ich mich dort anfangs gar nicht wohl. Neun Jahre später kann ich es kaum erwarten, dass die Durchsage «Nächster Halt Hamburg Hauptbahnhof, dieser Zug fährt weiter bis Hamburg-Altona» erklingt. Einsam hab ich mich gefühlt, dachte nie anzukommen in der Stadt, die für das Ankommen steht. Hafenstadt eben.

Der Hafen. Die Elbe. Da kann ich nicht mehr so gut sein, seit mein Papa nicht mehr ist. Der war immer so vorfreudig: «Schön Pommes am Hafen, wenn ich komme, ja?» Er hatte schon die Bahntickets für einen Besuch bei uns. Fünf Wochen bevor er hier ankommen sollte, tat sein Herz seinen letzten Schlag. Auf seinem Küchentisch fand ich noch den Zettel mit den Abfahrts- und Ankunftszeiten der Züge. Wie er gestrahlt hat, als ich ihn fragte, ob er Silvester wieder bei uns verbringen wolle. Mit Raclette, «Ja, dann schön Baked Beans dazu, ja?». Na klar, Papa, Raclette mit Baked Beans, alles, was dich leuchten macht. In Gedanken ist er bei mir, besser als nichts. Würde ihn freuen, doch für mich ist es zu wenig. Was hat der mich oft genervt und was würde ich mich jetzt gerne von ihm nerven lassen. Scheißtod.

In den letzten Jahren war viel Tod in meinem Leben, antizipierter und eingetretener. Mein Nick, mein «Einer», der hat nämlich Krebs, Mascha. Es geht ihm gut, aber es gibt ein Vorher und ein Nachher. Ein Vor-der-Diagnose (die unheilbar lautet) und ein Nach-der-Diagnose. So wie es ein Vor und ein Nach dem Tod meines Papas gibt. Deshalb nennt man sowas wohl einschneidende Erlebnisse. Sie zerschneiden das Leben tatsächlich. Meine Gedanken hüpfen. Soll ich mir noch einen Kaffee im Bordbistro holen? Es ist 21:00. Hmm. Ach, was soll's, auf Papa und dich und die Liebe und das Leben und das Weitermachen.

AM KRANKENBETT

Willst du ihn von mir nehmen
So nimm mich mit.
Um ihn will ich mich grämen
Und leiden wie ich litt.

Mit ihm mag ich mich freuen
Und heiter sein.
Du kanntest uns zu zweien,
Herr, laß mich nicht allein.

Es ist für Erdenkinder
Nicht gut vereinzelt zu sein.
– Sieh, deine ersten Sünder
Vertriebst du noch zu zwein.

– Was immer mag geschehen,
Ein Fremdling ich hier bin:
Herr, laß mich mit ihm gehen
Ins Allwohin.

Ich schlug meinen Kopf gegen eine Steinmauer, als Nick und ich, nur drei Monate nach unserer Hochzeit die Hämatologisch-Onkologische Praxis verließen. Es war eisig kalt, Anfang Januar, wäre mein Kopf beim Anschlagen einfach an der Mauer festgefroren, es hätte mir nicht gleichgültiger sein können. Wir hatten einen zweiwöchigen Diagnose-Marathon hinter uns. Unterbrochen von den Feiertagen, deren Stille sich anfühlte, als existiere sie nur, um mich zu malträtieren. Alle waren mit lieben, freuen, erinnern, essen, beschenken, geborgen sein beschäftigt, während unsere Sicherheit zusammenzustürzen, Nicks Leben sich dem Ende zuzuneigen schien. Nick schlief viel und war im Allgemeinen viel gefasster als ich. Er ist so tapfer, das Wort Stehaufmännchen könnte für ihn erfunden worden sein. «Bis ich nichts weiß, weiß ich nichts. Ich mache mir dann Gedanken, wenn ich konkrete Informationen habe.» Es waren die schlimmsten zwei Wochen meines Lebens. Wenn ich mich jetzt zurückerinnere, ist mir zum Weinen, und mein Rücken fühlt sich wieder ebenso heiß und schwer an wie die gesamten zwei Wochen im Dezember 2017. Wenn man sich ganz doll erschreckt, schießt der Schreck ja oft in den Rücken, normalerweise ist dieses Gefühl nach einer Minute wieder verschwunden. Doch diesmal blieb es. Ich hatte niemals Rückenprobleme. Bis Mitte Dezember 2017. Völlig unmöglich, eine Minute nicht an die über uns schwebende Gefahr zu denken, die Angst in meinem Rücken wusste rund um die Uhr zu erinnern, dass etwas Furchtbares geschehen war und noch Schlimmeres geschehen wird.

Manchmal weinte Nick dann doch in diesen unendlich langen und stillen zwei Wochen. Er begann, viel von seiner Kindheit und seinem bereits verstorbenen Vater zu erzählen. Ich setzte mich zu ihm auf die Bettkante, machte ihm Wasser für Wärmflaschen heiß, streichelte seine

Hände, wechselte mehrmals täglich die vollgeschwitzte Bettwäsche und hörte ihm zu, wie er sein Leben Revue passieren ließ. Zumindest empfand ich es so. Ich konnte nicht mehr zwischen Tag und Nacht unterscheiden. Es galt durchzuhalten, bis wir die endgültige Diagnose nach Auswertung der Untersuchungsergebnisse erhielten. Diese gottverdammten Feiertage.

Meine Hausärztin hatte mir Diazepam verschrieben, nachdem ich aufgelöst im Sprechzimmer hin und her lief und sie immerzu aufforderte, mir zu sagen, dass Nick nicht sterben werde. In ihren Augen lag so viel Mitgefühl, dass meine Fragen immer lauter und vehementer wurden. Sie konnte mir natürlich nicht sagen, was ich so dringend hören wollte. Hören musste. «Ich bin Ihre Hausärztin und kann Ihnen keine medizinischen Auskünfte über Ihren Mann geben, dessen Krankenakte ich nicht einmal kenne. Setzen Sie sich doch erstmal, hmm?» Nein, ich wollte nicht sitzen, ich konnte nicht sitzen, ich musste, wie so oft, der Angst davonlaufen. Wieder schlug ich meinen Kopf an, er sollte endlich still sein, die Angst sollte verschwinden. Diesmal traf meine Stirn auf die weiße Sprechzimmerwand. Das war der Moment, in dem sie sagte: «Ich muss jemanden hinzuziehen, wenn Sie sich nicht beruhigen.» Das geht nicht, ich muss zu Nick, ich darf nicht abgeholt und in eine Klinik gebracht werden, ich muss für ihn da sein. Seine Hand halten, die Bettwäsche wechseln, für ihn kochen, ihn in den Arm nehmen, ihm Badewasser einlassen. Wer weiß, wie lange ich das noch durfte. «Die Tabletten nehmen Sie bei Bedarf, probieren Sie es erstmal mit einer halben. Fahren Sie bitte kein Auto nach der Einnahme und lassen Sie sich draußen direkt einen Termin für nach den Feiertagen geben. Ich wünsche Ihnen alles, alles Gute und viel Kraft.» In ihren Augen habe ich gelesen, dass sie mehr wusste, mehr ahnte, als sie mir zu sagen bereit war. Nachdem ich ihr die Verdachtsdiagnose mitgeteilt hatte, scannte sie im Kopf die Unterlagen ihrer onkologischen Vorlesungen, sah vor ihrem geistigen Auge die Überlebensstatistiken vor sich, die ich mich nicht zu googeln traute. Deshalb beruhigte sie mich nämlich auch nicht, weil es keine Beruhigung gab. Weil er sterben würde.

Immer auf der Hut davor, vom Leben genommen zu bekommen, was mir das Wichtigste ist und mich zusammenhält, habe ich mir oft die Frage gestellt, wie das ist mit dem Krebs. Wie das ist, zu wissen, der Mensch, den man am allermeisten liebt auf dieser Welt, dieser Mensch ist schwer krank. Seine Zellen sind entartet. Irgendwann wird er wohl daran sterben. Wie das ist, mit diesem Wissen zu leben und nicht durchzudrehen, das Leben weiter zu lieben und vor allem zu leben. Ich wünschte, ich hätte mir diese Fragen niemals selbst beantworten müssen. Mascha, an Hermann Kesten – der mir im Übrigen ein feiner Mensch gewesen zu sein scheint – hast du mal geschrieben: *Es ist mein Schicksal, alles zweimal zu erleben. Das erste Mal, wenn man es in Angst vorausahnt, und dann das zweite Mal, wenn es geschieht.* Das ist auch mein Schicksal. Monate bevor mein Kopf auf den Stein traf, dachte ich darüber nach, wie ich es aushalten sollte, wenn Nick an einer unheilbaren Krankheit leiden würde. Ahne ich vor? War es einfach schnöder, banaler Zufall? Zellmutation bei meinem *Einen*. Mein Hafen unter Wasser. Ist das überhaupt wichtig? Der Glaube an Vorahnungen gaukelt einem Kontrolle vor. Kontrolle, die abhandenkommt, wenn der Körper des *Einen* sich gegen ihn wendet. Ich habe gelesen, es sterben mehr Menschen an Herz-Kreislauf-Erkrankungen als an Krebs, dennoch ist der Krebs das Schreckgespenst unserer Zeit. Deine Zellen sind ja auch mutiert. Vielleicht aber war dir das ganz recht? Weiter atmen in einer Welt ohne Steven, ohne Chemjo, ohne ein Zuhause, weiter atmen nach all den Jahren der Angst um Chemjo und der niemals enden wollenden Trauer um Steven, wolltest du das überhaupt? Oder war es dann genug? Sollten die Zellen doch durchdrehen. Deine Ärzt*innen haben dir nicht verraten, wie es um dich steht. Das ist in meiner Zeit undenkbar. Jedes Detail wird mit der Patientin besprochen. Man weiß immer, wie es um einen steht, wird es auch verklausuliert ausgedrückt. Ich verstand die Bestürzung des Onkologen und die Bedeutung einer «schwierigen» Nachricht exakt so, wie er es meinte: Lange würde Nick nicht mehr auf dieser Welt sein.

«Jetzt mache ich erstmal die Chemotherapie. Der Arzt hat doch nicht gesagt, dass ich sterben werde.» Ich habe gelesen, dass solche Arztgespräche immer in Begleitung geführt werden sollten. Die Erkrankten seien unmittelbar nach dem Schock einer Krebsdiagnose kognitiv nicht mehr in der Lage, alle relevanten Informationen aufzunehmen. Als ich mir an diesem eisigen Januarmorgen das Blut von der Stirn wischte und Nick so reden hörte, fragte ich mich, ob wir eben dem gleichen Gespräch beigewohnt hatten. «Ich habe schwierige Nachrichten für Sie. Es ist ein CUP-Syndrom, das bedeutet, man findet lediglich Metastasen, aber keinen Primärtumor. Die histologische Auswertung lässt auf einen Primarius in der Lunge schließen, die Bronchoskopie hat diesen Verdacht allerdings nicht bestätigt. Thorax und Abdomen sind voller Metastasen. Das Tumorboard empfiehlt eine palliative Chemotherapie. Und dann müssen wir gucken, ob sie anschlägt. Eine Heilung, das muss ich Ihnen ganz klar sagen, ist nicht möglich.» Trotz seines Versuches, uns diese Diagnose so nüchtern wie die aktuellen Börsenschwankungen mitzuteilen, merkte ich, dass es ihm nicht leichtfiel, uns zu sagen, was er nun mal zu sagen hatte. Was er wohl an diesem Abend zu Hause erzählte? Ob er zu Hause überhaupt von dieser schweren, oftmals sehr traurigen Arbeit erzählt? «Heute hatte ich einen Patienten, 48 Jahre alt, vor Kurzem geheiratet, seine Frau gerade mal 33, CUP-Syndrom, so eine Scheiße, oder?»

Hoffentlich geht es schnell, dachte ich. Wir müssen noch Schnittlauch kaufen, sagte Nick. Drei Gefühle, die mich seit jeher begleiteten, sollten noch mehr Platz in meinem Leben bekommen: Wut, Angst und Liebe. Sie verhalten sich dialektisch zueinander. Sie widersprechen und bedingen einander. Dass Nick mit etwas derart Banalem wie Schnittlauch kaufen ankam, nachdem er eben diese Diagnose erhalten hatte, machte mich über alle Maßen wütend. So wütend wurde ich, weil ich Angst hatte,

Angst, dass er einfach nicht sehen will, wie es um ihn steht. Angst davor, dass er, wenn sich die letzten Wochen ankündigen, derart verzweifelt und verängstigt sein wird, dass ich zerbreche aus lauter Liebe. Diese von einer riesigen Liebe gespeiste Angst konnte ich nicht aushalten. Wut schon. Nick gegenüber war das nicht fair.

Es fühlt sich an, als käme ich an die Grenzen meiner Sprache, wenn ich versuche, anderen begreiflich zu machen, welche Angst ich in den ersten Wochen von Nicks Erkrankung hatte. Ich kann auf keine Vergleiche zurückgreifen. Über einen längeren Zeitraum hinweg durchgehend eine solch existentielle Form der Angst zu empfinden, war sogar mir neu. Auch unbekannt war mir die Verzweiflung ob meiner Unfähigkeit, Worte zu finden, die mir halfen, Freund*innen zu erklären, was Nicks Krebs mit mir gemacht hatte.

Ich verließ das Sprechzimmer der Hämatologisch-Onkologischen Praxis als anderer Mensch. Nick trug einen hellblauen Pullover mit tanzenden Wolken drauf. Einen Menschen von 48 Jahren, der hellblaue Pullover mit Wolken drauf trägt, darf der Tod sich nicht holen. «Es tut mir so leid, es tut mir so leid, es tut mir so unendlich leid für dich», brabbelte ich den Wolken auf seinem Pullover entgegen. Konnte ihn nicht ansehen, dann wäre nur noch Schreien und Schluchzen aus meinem Mund gekommen, aus dem gleichen Mund, der drei Monate zuvor auf dem Standesamt Hamburg-Mitte beteuert hatte, für immer bei ihm zu bleiben. Es gab keine einzige Sekunde, in der ich dieses Versprechen infrage gestellt habe. Dachte ich mit 20 noch, Liebe sei Wahnsinn, so weiß ich jetzt, Liebe, das ist Beständigkeit. Trotz der Todesangst um ihn und auch um mich – denn einen Teil von mir würde er mit sich nehmen auf seine letzte Reise –, trotz der immensen Verzweiflung, trotz des Schmerzes, trotz der totalen Erschütterung in meinen Grundfesten würde ich immer wieder Ja sagen. Zu Nick und zu unserer Liebe, die sich in ihrer ruhigen Gewissheit unterscheidet von dem, was ich mit 20 für Liebe hielt.

An die Stelle des letzten Fitzelchens meiner ohnehin fragilen Sicherheit ist eine neue Sicherheit getreten. Es ist das Wissen, wie viel mehr ich ertragen kann, viel mehr nämlich, als ich jemals gedacht hätte, und dass ich nicht sterben werde, wenn er einmal gehen muss. Das würde er gar nicht wollen, vielleicht weil er nicht dran glaubt, dass danach etwas kommt. Vielleicht aber auch, weil er so selbstlos ist. «Leb dein Leben, das würde ich auch tun. Liebe noch einmal, das würde ich auch tun. Und wenn es ein Danach geben sollte, komm wieder zu mir.» Wir wollen uns gemeinsam unter einem Baum begraben lassen. Im Friedwald der kleinen Stadt.

Magisches Denken nimmt einen großen Teil des Denkens ein, wenn der Krebs Teil des Alltags geworden ist. Eine Patient*innenverfügung ist wichtig, vernünftig und entlastend. Weiß ja jeder. Die Vorsorgemappe lag monatelang unberührt auf meinem Schreibtisch. Wie ein Mahnmal. Fühl dich nicht zu sicher, an mir kommst du nicht vorbei. Wenn wir sie ausfüllen, dann ist es real. Dann kann er wirklich sterben. Es ist ein schlechtes

Omen. Dann passiert ES. Dann werde ich seine Nase nie wieder freudig zucken sehen, wenn er sich mal wieder besonders doll an einer Frechheit mir gegenüber erfreut. Dann werde ich nie wieder seinen Schrecken darüber hören, dass er vergessen hat, den Teebeutel nach siebeneinhalb Minuten aus seiner henkellosen Tasse zu ziehen. Dann werde ich nie wieder mit ihm schimpfen, dass er die Welt um sich herum vergisst, wenn er an einem der 100 Regler seiner 100 Synthesizer rumdreht. Dann wird er mir nie wieder eine seiner kleinen, mit Liebesbotschaften versehenen Zeichnungen auf den Küchentisch legen. Dann wird er mich nie wieder konzentriert und eigentlich ungeduldig ansehen, während ich ihm von meinem Tag erzähle, weil er unbedingt etwas loswerden will, mich aber nicht unterbrechen mag. Dann wird er nie wieder den Kopf in mein Zimmer stecken und sagen: «Ich wollte noch sagen: Ich liebe dich.»

Den tennisballgroßen Knubbel an seinem Hals, mit dem alles begann, den hab ich mal berührt. So fühlt sich also an, wovor sich alle Menschen fürchten. Das also ist Krebs. Eine Ansammlung entarteter Zellen. Hart und unbeweglich, passt zu Krebs. Stur. Sich eines Körpers bedienend, Familien zerstörend, Waisenkinder verursachend. Den Knubbel zu berühren, war, wie einen Popstar nach seinem Konzert im VIP-Bereich treffen zu dürfen. Ein kruder Vergleich, doch so war es. Es nahm dem Krebs ein klein bisschen seiner Allmacht. Wenn ich ihn anfassen kann, dann muss es auch möglich sein, ihm etwas entgegenzusetzen. Einem materialisierten Schreckgespenst kann man Einhalt gebieten, man kann es zumindest versuchen.

Die Chemotherapie schlug so viel besser an, als der Onkologe anfangs zu spekulieren gewagt hätte. Alles war weg, lediglich sogenannte Residuen machten es sich noch in Nicks Lunge bequem. Übersetzt: Reste von Metastasen. Ich las den Arztbericht häufiger als ein Jahrzehnt zuvor Jannis' Liebesbriefe. Remission, ein mir bis dahin unbekannter Begriff, wurde zu meinem Lieblingswort. Der ganzen Welt wollte ich zurufen:

«Euer Mann mag ein Haus haben, ein volles Konto, das neueste Auto, meiner aber, der ist in Remission!»

Nicht mal ganze eineinhalb Monate nach Beendigung der Chemotherapie konnte ich mit Zeige- und Mittelfinger wieder über einen Knubbel streichen. «Ja, keine Einbildung, da ist wieder was.» Ich tobte, ich wütete, ich schrie, ich weinte, ich jaulte, ich trat gegen Türen, ich verfluchte alles und jeden. Der Diagnose-Marathon begann erneut. Vielleicht könnten sie den sogenannten Primarius (klingt wie ein Ausdruck aus meinen geliebten Pauker-Filmen) doch ausfindig machen, sie wollten es versuchen.

Im PET-CT (einer besonderen Form der Computertomografie, die auch Tumore und Metastasen aufzeigt, die ein normales CT nicht erkennen kann) leuchtete etwas am Zungengrund auf. Dort also befand sich der Übeltäter. So klein und so zerstörerisch. Wieder saßen wir im Sprechzimmer des Onkologen. Diesmal hatte es dreißig Grad, ich schwitzte. Wegen der Hitze, aber noch mehr wegen der Angst. Meine Beine zitterten so sehr, als wäre ich drei Tage wach gewesen und sähe gleich Reptilien die Sprechzimmerwand hochklettern. Was ich tatsächlich sah, war viele Male schlimmer. Ich stellte mir vor, wie ich auf Nicks Beerdigung stehen würde. Meinen Papa, hilflos und traurig an meiner Seite stehend, wissend, diesen Schmerz, den wird er mit nichts lindern können.

Es kam anders. Nick stand an meiner Seite, als wir meinen Papa an einem verschneiten Tag, beinah exakt fünf Jahre nach Nicks Diagnose, unter einem Baum im Friedwald der kleinen Stadt meiner sicheren Jahre begruben.

Die letzten Jahre, Mascha, sie forderten viel von mir. Doch sie ließen auch Gnade walten, schließlich fahre ich jetzt in mein Zuhause, zu Nick.

So viel Liebe schlug mir entgegen, während ich um meinen Einen bangte. Doch so wirklich verstehen konnten und können die meisten Menschen nicht, was sein Krebs mit mir und meiner Sicherheit gemacht hat. Was es für mich bedeutet, ab jetzt jedes Atmen, jeden Blick, jeden noch so geringen Gewichtsverlust genauestens zu beobachten. Ein Schnupfen ist plötzlich kein Schnupfen mehr, ein Husten kein Husten, nichts ist mehr harmlos, alles macht mir klar, ich weiß nie, wann es zu Ende geht. Den Primarius konnten sie – trotz des Leuchtens am Zungengrund – nicht ausfindig machen. Es bleibt also dabei, mein *Einer* ist unheilbar an Krebs erkrankt.

Wütend macht mich, dass irgendwann alle zu denken begannen, ach, das ist ja jetzt nicht mehr so schlimm, das geht ja schon so lange. Und ja, ein Glück – danke an Gott, das Schicksal, an die Medizin, an wen auch immer – geht das schon so lange, aber ebenso lange lebe ich in Angst. Einer Angst, die in Quartalen aufwallt. Alle drei Monate – einmal im Quartal klingt seltener, ich sollte mir das angewöhnen, positives Denken etc. – werden Nicks Thorax, Nicks Abdomen und Nicks Hals auf der Suche nach Metastasen oder Beruhigung durchleuchtet. Sobald die Bilder gemacht sind, startet meine Angstmaschine, sie läuft auf Hochtouren. Ab jetzt kann alles geschehen, ich bin auf der Hut, möchte auf alles vorbereitet sein (als wäre man das je ganz). Das Ergebnis wird uns per Mail mitgeteilt, ich hatte mal darum gebeten. Einmal im Quartal aktualisiere ich also alle zehn Minuten meine Mails, um zu erfahren, ob wir eine erneute Schonfrist bekommen haben. Und wenn nicht, was dann? Nick fände es auch in Ordnung, das Ergebnis erst ein, zwei Tage später im Arztgespräch mitgeteilt zu bekommen. Selbst wenn es schlecht sein sollte und der Krebs wieder aktiv, so bestünde ja keine akute Lebensgefahr. Hat er recht. Was es allerdings bedeutet, ist: Der Zeitspender ist erstmal aufgebraucht, nun muss geguckt werden, ob es noch einen neuen gibt, der das Leben auch lebenswert erhält und nicht nur erhält. Wenn der Zeitspender aber noch gefüllt ist, dann ist es wie auf Drogen, die Angst fällt ab, ich werde von einem Glücksgefühl durchströmt, uns wurden nochmal drei Monate geschenkt. Schnell werden Ausflüge und Besuche geplant, die ich mich vorher nicht zu planen traute, könnte mein Optimismus, mein Übermut doch bestraft werden. Dieser Aberglaube war dir bekannt, Mascha. Als

Chemjos Herz schwächer wurde, musstest du auch allen Mut zusammenfassen, Pläne zu schmieden, Pläne zu verkünden. Jede Konzertankündigung wurde mit einem «Nimm dich in Acht, sei nicht zu übermütig» im Ohr verlautet. Wie gut ich das kenne.

Ich glaube ja, magisches Denken ist deshalb so oft ein Teil der Krebserfahrung, weil man diesen blöden und eigentlich tollen, aber jetzt lebensbedrohlichen Zellen so vollkommen ausgeliefert ist und magisches Denken dabei hilft, sich einen Einfluss auf den Krankheitsverlauf einzureden.

Schwachsinn. Natürlich. Aber das Gehirn eben.

Wie soll man das aushalten, habe ich mich gefragt, bevor ich lernen musste, es auszuhalten. Nun kann ich mir also selbst antworten: Du musst dem etwas entgegensetzen. Müssen ist hart, das ist kein Imperativ, das ist ein Automatismus. Du musst dem Krebs das Leben entgegensetzen. Indem du es lebst.

REZEPT

Jage die Ängste fort
und die Angst vor den Ängsten.
Für die paar Jahre
wird wohl alles noch reichen.
Das Brot im Kasten
und der Anzug im Schrank.

Sage nicht mein.
Es ist dir alles geliehen.
Lebe auf Zeit und sieh,
wie wenig du brauchst.
Richte dich ein.
Und halte den Koffer bereit.

Es ist wahr, was sie sagen:
Was kommen muß, kommt.
Geh dem Leid nicht entgegen.
Und ist es da,
sieh ihm still ins Gesicht.
Es ist vergänglich wie Glück.

Erwarte nichts.
Und hüte besorgt dein Geheimnis.
Auch der Bruder verrät,
geht es um dich oder ihn.
Den eignen Schatten nimm
zum Weggefährten.

Feg deine Stube wohl.
Und tausche den Gruß mit dem Nachbarn.
Flicke heiter den Zaun
und auch die Glocke am Tor.
Die Wunde in dir halte wach
Unter dem Dach im Einstweilen.

Zerreiß deine Pläne. Sei klug
und halte dich an Wunder.
Sie sind schon lang verzeichnet
im großen Plan.
Jage die Ängste fort
und die Angst vor den Ängsten.

Mit einem Besen möchte ich sie jagen, die Ängste und die Angst vor den Ängsten. Die ist sowieso die perfideste überhaupt. Jederzeit kann alles geschehen, es stimmt. Alles Schlechte, aber eben auch alles Gute. Drum gräme dich, jammere, jauchze und strahle vor Glück.

Was würde ich dem traurigen Mädchen in der Fünf-Quadratmeter-Schrankwand heute raten? Womit würde ich es auf die Schmerzen und die Angst vorbereiten, die das Leben mit sich bringt? Jedes Leben und das ihre besonders. Wie könnte ich sie trösten, wie könnte ich ihr Zuversicht schenken? Wie ihren Lebenswillen aufrechterhalten, ihr gar Lebensmut einflößen? Könnte ich sie doch nur kennenlernen. Nein, andersrum, könnte sie mich doch nur kennenlernen. Mein jetziges Ich ist der Mensch, den sie damals an ihrer Seite gebraucht hätte.

Ich möchte ihr einen Brief schreiben, Mascha. Und dann muss ich wohl bald wieder in den Zug steigen, in einen Zug gen verhasste Stadt. Den Brief an einem Baum auf dem Gelände des großen kalten Hauses vergraben. Vielleicht gräbt ihn in vielen Jahren, irgendwann, wenn ich schon unterm Baum im Friedwald der kleinen Stadt liege, ein einsames, verzweifeltes, nach Antworten suchendes Kind aus und erlangt so die Hoffnung, die ich damals gebraucht hätte.

Hallo du,
ich bin's, dein Ich von 39 Jahren. Hättest du das gedacht? So lange zu leben? Es lohnt sich, das kann ich dir sagen. Ist nicht einfach grad, oder? Sieh zu, dass du mehr isst, toll, wie gern du liest. Ich bin ganz beeindruckt, wie du es geschafft hast, dich auf nur fünf Quadratmetern so gemütlich einzurichten. Kleine Nagellacksammlung hast du da, ich habe heute auch wieder eine, es wird eine Zeit geben, da trägst du sowas nicht. Findest du uncool. Was du nicht alles uncool finden wirst. Leben ist super. Schon bald wirst du anfangen zu lieben. Dann wird alles noch schmerzhafter, als es ohne-

hin schon ist. Ihre Liebe, die Liebe deiner Mutter, wirst du nicht wiederbekommen. Du wirst sie aber suchen, in jeder einzelnen deiner vielen Liebesbeziehungen. Du wirst sie nicht finden. Dort nicht. So weit entfernt hättest du nicht suchen müssen, sie ist nämlich bei dir, in dir, immer. Auf jedem Bahnhofsklo, in jeder Zelle, in jedem fremden Bett, auf jedem durchgesessenen Sofa, in jedem Klassenraum, in jeder Träne, jedem Blutstropfen. Diese Liebe, es hat sie gegeben, und sie kann dir nicht genommen werden. Die wirst du in Jahrzehnten noch mit ins Grab nehmen, mit unter den Baum im Friedwald der kleinen Stadt.
Jetzt sitzt du da auf diesem scheußlich anzusehenden dunkelbraunen Bett und verstehst die Welt nicht mehr. Jetzt sitze ich hier in diesem Zug und verstehe die Welt, deine und somit auch meine, doch recht gut. Momentan taumelst du ohne Halt durch deinen Alltag und deine fünf Quadratmeter. Glaube mir, du wirst noch viel Halt in deinem Leben erfahren, so alleine wie jetzt wirst du später nie wieder sein. Gemein und unfair, dass du da jetzt durchmusst, nicht nur einmal, nein, ich möchte nicht lügen. Doch du wirst festen Boden unter deine Füße bekommen. Deine Füße werden dich dahin tragen, wo du geliebt wirst und in Sicherheit bist. Ja, sie werden Millionen von Kilometern zurücklegen müssen, um an ihr Zuhause zu gelangen, doch was macht das schon, wenn der Empfang so warm ist? Du solltest mehr essen. 39 kg sind nicht viel für eine Größe von fast 1,60 m. Die Erfüllung deiner Grundbedürfnisse ist ohnehin das Einzige, was du vom großen Haus

erwarten kannst. Rio Reiser (in ein, zwei Jahren wirst du wissen, wer das ist) singt «Halt dich an deiner Liebe fest», und das ist einer der klügsten Ratschläge, die du je bekommen wirst. Nur an welcher Liebe, wirst du jetzt fragen, da ist doch keine mehr. Deine Mutter ist in Vorleistung gegangen, das Konto ist noch im Plus, du kannst was abheben, es bleibt noch was drauf. Es schläft sich besser mit Liebe, an der man sich festhalten kann. Die Mutter, die du bis vor ein paar Jahren noch hattest, ist verschollen, das weiß ich. Das verstehe ich mittlerweile sogar. Nur, du musst leben, jetzt, es hilft ja nichts. Dein Wecker wird klingeln, die Zähne wollen geputzt, das Bett gemacht, der Körper bekleidet werden. Jeden Tag aufs Neue. Halt dich an der Liebe fest, die du bekommen hast, sie trägt dich, bis eine neue kommt. Manchmal musst du sparsam sein, das stimmt wohl, vielleicht kommst du auch mal kurz ins Minus, aber im Großen und Ganzen wird dein Liebes-Saldo immer im Plus sein. Deshalb kannst du auch verschwenderisch mit der Liebe umgehen, denn weißt du, ich kenne wenige, deren Liebesbilanz so positiv ausfällt wie deine. Das glaubst du jetzt nicht mit deiner Einsamkeit und der Trauer, die dich unten hält. Jetzt gerade bist du so unglücklich. Dass das nicht verboten ist! Deinen Blick kenne ich, aus schlechten Tagen. Tagen, an denen ich sie ansehen und von ihr geliebt werden möchte. Ich werde sie mit 60 noch mit diesem Blick ansehen und die Liebe wollen, die sie mir verwehrt hat. Diesen Schmerz teilen wir, der begleitet uns. Nur wird er irgendwann nicht mehr dein Sein bestim-

men. Das zehn Bücher aufnehmende Bücherbrett über deinem Bett, das mag ich. Du wirst keine Nacht mehr ohne ein Buch verbringen. Keine einzige, selbst auf der Straße wirst du immer eins in der Tasche haben. Schon zwei rote Fäden: die Liebe und die Bücher. Ein alternatives Leben habe ich mir nie ausgemalt. Der Weg schien so festgeschrieben. Ich erinnere mich, dass du dir, kurz vor dem Einzug ins große kalte Haus, immer Geschichten erzählt hast. Vom Leben mit einer Mutter in einem kleinen hutzeligen Reetdachhäuschen. Einem hutzeligen Reetdachhäuschen, in dem es immer warm und gemütlich und der Vorratsschrank stets gut gefüllt war. Zusammen saßt ihr am Esstisch der Wohnküche, du über deinen Hausaufgaben und sie über ihren Kreuzworträtseln brütend. Jeden Tag auf deinen Spaziergängen mit dem Nachbarshund hast du dir Geschichten von dieser Zweisamkeit erzählt. Viel passierte nicht in diesen Erzählungen.

Es ging eben um Beisammensein, Gemütlichkeit und ein sicheres Zuhause. Diese Geschichten waren deine Parallelwelt, deine Entgegnung auf die plötzlich und stetig zunehmende Kälte. Wenn du nur wüsstest, was noch alles kommt. Wenn du nur wüsstest, dass du in 12 Jahren in einem Antiquariat sitzen, Buchspenden sortieren und ein modrig riechendes Büchlein mit Leinenrücken in der Hand halten wirst, auf dem steht: Das lyrische Stenogrammheft. *Was soll das überhaupt sein, ein lyrisches Stenogrammheft, wirst du dich fragen, bevor du es aufschlagen und die Welt der Poesie für dich entdecken wirst. Mascha, wirst du denken, das ist ein hübscher Name, ungewöhnlich auch, aber so heißen wohl Dichterinnen. Diese Dichterin wird dich mit ihrer Weisheit, ihrer Melancholie, ihrem kecken Witz und ihrer Sehnsucht ein Leben lang begleiten. Sie wird dir in ratlosen Stunden mit ihren einfachen und doch so lebensklugen Zeilen zur Seite stehen. Von ihr gedichtete Liebesschwüre wirst du deinem Einen nach durchwachten Nächten ins Ohr flüstern. Wieder ein paar Jahre später wird eine Kundin, der du mit den besten Empfehlungen ein Bändlein dieser Dichterin in die Hand gedrückt hattest, in den Buchladen kommen und sich bedanken, dafür, dass du sie mit dieser weitsichtigen Dichterin zusammengebracht hast. Ja, hätte ich das mal vorher gewusst, wirst du rufen, so gut wird alles noch werden? So glücklich werde ich noch sein? Ja, wenn ich es dir doch sage, ich habe es schließlich gelebt!*

Siehst du, Mascha, ich bin deinem Rat gefolgt: Ich war klug und hielt mich an Wunder.

DANK

Ich danke ganz schön vielen und fange dann mal an.

Ich danke Heidi Lorenz für Tim Lorenz' Existenz, welch Glück, dich meine Schwiegermutter nennen zu dürfen. Ich danke Tim Lorenz für 11 Jahre Liebe, wie ich sie nicht kannte, nicht erwartet hätte und wie ich sie jedem Menschen wünsche. Ich danke Dr. Timon Hansen, wenn man schon einen Onkologen braucht, sollte man das Glück haben, einen wie Sie zu bekommen.

Ich danke Christiane Poplat dafür, dass du immer, immer, immer und nochmals immer bei mir geblieben bist, und wünsche uns beiden alles Gute zum 30. Auf die nächsten 50 Jahre!

Ich danke meinem Papa und wünschte, er könnte das und vieles mehr noch erleben. Ich danke meiner Oma, die seit 2004 alle paar Jahre zu mir sagte: «Du musst mal was an nen Verlag schicken, du hast so viel Talent.» Ich wünschte, sie könnte die Veröffentlichung erleben. Ich danke meiner Mama für den Grundstock an Liebe.

Ich danke meinen Freund*innen fürs (Aus-)Halten und Dasein und Mitfreuen und Mitlachen, und wie toll ist es einfach, dass es euch gibt: Alex, Alice, Anna (für früher), Christiane, Cynthia, Fauli, Feline, Ike, Kaddy,

Lotti, Linus, Margrita, Mareice, Margarete, Marie, Mirko, Sarah, Stephi, Ulli.

Ich danke Petra Vitzthum für die Stabilität, als alles schwankte.

Ich danke meiner Schwester Claire. Ich bin so glücklich, dass es dich gibt. Ich danke meiner Cousine Jeanette und meinem Cousin Patrick, welch Freude, euch als Fast-Geschwister zu haben.

Ich danke Margarete Stokowski für «Äh, Buchi, das ist super», als ich mich traute, dir ein paar Zeilen zu zeigen. Ich danke dir ebenso für deine schlauen Anmerkungen, und dafür danke ich auch Jens Friebe (das Wort Reprise schlage ich alle paar Tage erneut nach). Ich danke Alena Schröder und Margarete Stokowski für den Kontakt zur schlausten und besten Agentin Barbara Wenner. Barbara, dir danke ich für deinen genauen Blick und das Wissen, auf dich ist 100 Prozent Verlass. Ich danke Friederike von Wallmoden für deinen genialen Einfall!

Ich danke Mareice Kaiser dafür, meinem Imposter Einhalt zu gebieten und sich jeden Zweifel 100-mal anzuhören. Ich danke Alessandra Bachler, Linus Giese und Jenni Schulz für gemeinsame Schreibstunden. Ich danke Magda Birkmann, Olivian Völkel, Maria Wollburg und Ron Mieczkowski für die Mitfreude ab Sekunde eins des Vertragsabschlusses. Ich danke Sarah Manowski dafür, dass du mich seit vielen Jahren ermutigt hast, ein Buch zu schreiben, und nie den Glauben daran verloren hast. Ich danke Friederike Häuser für die Tränen in deinen Augen, als ich dir von diesem Buch erzählt habe. Ich danke Ella Lindberg dafür, dass du stets aus dem Stegreif Antworten auf grammatikalische Fragen für mich hast.

Ich danke Kathrin Weßling für die Solidarität unter Autorinnen, die Ermutigung und den Kontakt zu Linda Vogt, der ich sowieso ganz, ganz doll danke. Wie viel Glück kann man haben, an eine Lektorin mit so viel Herz zu geraten, die derart für dein Buch brennt? Ich bin so froh, dieses Buch mit dir gemacht zu haben, und möchte mich für die unzähligen Kommafehler entschuldigen.

Ich danke dem kleinen Fass im Garten der Dannauer Reetkate, in dem zwei Kapitel entstanden.

Ich danke allen Menschen, die im Internet meinen täglichen tagebuchartigen Ergüssen folgen. Ich danke allen Buchhändler*innen, die mein Buch einkaufen, empfehlen und verkaufen. Ich danke dem Rowohlt Verlag: Ich wollte immer zu euch, schließlich war dort auch Mascha.

Ich danke allen, die dieses Buch lesen. Ohne Lesende keine Bücher! Vergesst das nie!

Ich danke Mascha Kaléko für jedes von ihr geschriebene Wort.

VERWENDETE LITERATUR

Brecht, Bertolt: *Morgens und abends zu lesen* aus: Brecht, Bertolt: *Liebesgedichte.* Frankfurt am Main: Suhrkamp, 2006

Kaléko, Mascha: *Unter fremdem Dach, Das Ende vom Lied, Was man so braucht …, Solo für Frauenstimme, Kleines Liebeslied, Geburtstag, Ursache unbekannt, Ein sogenannter schöner Tod, Ansprache eines Bücherwurms, Am Krankenbett, Rezept* aus: Kaléko, Mascha: *Sämtliche Werke und Briefe in vier Bänden.* Herausgegeben von Jutta Rosenkranz. © 2012 dtv Verlagsgesellschaft, München

Kaléko, Mascha: *Auf einen Café-Tisch gekritzelt …, Einmal sollte man …, Schulausflug, Kinder reicher Leute, Der nächste Morgen* und *Für Einen,* aus: Kaléko, Mascha: *Das lyrische Stenogrammheft,* Hamburg: Rowohlt, 2020

Kaléko, Mascha: *An mein Kind, Memento, Alte Flamme bei Lichte besehen …* aus: Mascha Kaléko: *Verse für Zeitgenossen.* Reinbek: Rowohlt, 2018

Nolte, Andreas: *«Mir ist zuweilen so als ob das Herz in mir zerbrach.» Leben und Werk Mascha Kalékos im Spiegel ihrer sprichwörtlichen Dichtung.* Bern: Peter Lang AG, Europäischer Verlag der Wissenschaften, 2003

Rosenkranz, Jutta: *Mascha Kaléko.* München: dtv, 2021

Ziegler, Edda: *Verboten – verfemt – vertrieben. Schriftstellerinnen im Widerstand gegen den Nationalsozialismus.* München: dtv, 2010